안 되면 될 때까지,

시련은 있어도 실패는 없다

7전8기 마정하 인생 역전기

안 되면
될 때까지

마정하 지음

담앤

나를 있게 한 사람들

할머니는 열이 넘는 손자와 손녀 중 나를 제일 많이 챙겨주셨다. 할머니는 슬하에 4남 1녀를 두었는데 생때같은 자식들을 모두 잃었다. 세 아들과 딸이 이삼십 대 한창나이에 세상을 떠났고, 제일 오래 산 셋째 아들마저 50대 젊은 나이에 세상을 떠났다. 마지막 아들을 잃었을 때, 할머니는 치매가 와서 5년을 고생하시다 84세에 돌아가셨다. 할머니에게 그 세월은 길었을까, 짧았을까. 길거나 짧거나 무거우셨으리라.

아버지는 내가 세 살 때 돌아가셨다. 나중에 듣기로 아버지는 순진하고 어린애 같은 분이었다고 한다.

어머니는 내가 열여섯 살, 동생이 열네 살일 때 재가하셨다. 지금 연세가 아흔여섯인데도 건강하게 살고 계시다. 어머니의 세월에 대해서는 어머니 자신밖에는 아무도 말할 수 없을 것이다.

나를 누구보다 사랑해주신 누님 두 분은 지금은 모두 돌아가셨다.

하나밖에 없는 내 동생은 중학교를 나와 그 어린 나이에 해병대에 자원입대하여 월남전에 참전했다. 미국의 금성, 은성, 우리나라의 화랑, 을지 훈장을 받았다. 중학교밖에 못 나왔지만, 형인 나와는 달리 제대 후 포항제철에 입사해서 이사까지 승진하고 정년퇴임했다. 당연히 어디를 가도 가장 먼저 자랑하고픈 동생이다. 지금은 형 가까이 있겠다고 속초에 와서 살고 있다. 남들보다 자주 만나며, 젊어서 못다 한 정을 이제라도 나누며 살고 있다.

나는 세상을 살면서 남들에게 도움만 받고 베풀지 못한 부끄러움이 있다. 그래서 내 몸으로나마 세상에서 받은 은혜를 갚고 터럭 만큼이나마라도 보탬이 되지 않을까 싶어 강원대학교 의과대학에 시신 기증 등록을 하기도 했다. 살면서 마음으로 빚지고 기억할 만한 사람이 많다는 건 참 고마운 일인데, 일일이 다 말하기는 힘들 정도이다. 그중에서 특별히 기억되는 분들에 대해 말씀드리고, 여기에서 적지 못한 다른 많은 분에게도 감사하다는 말씀을 드린다.

서울에서 꽃 장사할 때 손님으로 알게 되어 KBS와 SBS 방송사에 동물 소품 담당을 10년이 넘도록 할 수 있게 해주신, 당시 KBS의 신주식 차장은 내 평생에 가장 고마운 두 사람 중 한 분이시다.

그 후에 화원을 정리하고 일자리를 구하지 못할 때 처음 건설 현장 일을 할 수 있게 도와준 권달춘이란 분이 다른 한 사람이다. 그렇게 건설 현장 일을 알게 되었고, 2002년 당시 1조 원에 가까운 과학훈련단 조성사업의 건설 현장 소장까지 할 수 있었다. 이 두 분은 내가 양양에 귀향하고 나서도, 일 년에 한두 번은 꼭 부부 동반으로 20년 넘게 우리 집을 방문하고 있다.

배움이 모자라고 부족함이 많았던 내 탓일 테지만, 나에게도 서운한 마음이 들게 한 친구들이 더러 있다. 하지만 고마운 친구들만을 기억하는 것이 더 값진 일이라고 생각된다. 서울 석관동에 있는 한독병원 원장 김성철은 내가 옆 동네 월계동에 살면서 연탄공장에 근무할 때 병원장이라는 걸 알게 되어 애들이 아프거나 하면 남보다 많이 도움을 받았다. 2002년 서울 월드컵 때 남대문서 외사계장으로 경찰 공무원을 하면서 히딩크 감독을 열심히 모셨던 최종성이란 친구도 여러 가지 재미있는 이야기들이 많았다. 그리고 마지막으로, 고향에 와서 자리 잡고 살 수 있게 도와준 이재훈, 김호영, 박상철, 박상덕, 최종기, 김명수, 장철상, 이건철, 그 외에 도움을 준 친구들에게 감사드린다.

2022년 9월
마정하

차례

4_ 장가를 들다

5_ 군대 이야기

7_ 완전한 귀향

1

아버지와
어머니

아버지에 대한
기억

    나의 아버지는 4남 1녀 중 둘째로 태어나, 평범한 결혼으로 딸 하나 아들 하나 남매를 낳았다. 그러던 중 아내가 일찍 사망하여 내 어머니와 재혼했는데, 돌도 안 된 전처소생의 아들이 죽고 우리 두 형제가 태어났다.

    내가 네 살, 동생이 두 살 때 6·25 전쟁이 일어났다. 아버지는 두 동생들이 경찰 공무원을 하고 있는 남쪽으로 온 가족을 피난 보내고, 고향을 지키겠다며 홀로 집에 남았다. 휴전이 되고 고향인 양양이 수복되어 우리 가족이 고향에 돌아왔을 때, 동생들이 남쪽에서 경찰 공무원을 한다는 이유로 아버지가 처형되었다고 했다. 당시 아버지는 '잠깐 가족이 피난 갔다 돌아오면 아무 탈 없이 만나게 될 거다' 그리 생각했던 것 같다.

    이후 내가 철이 들면서 마을 어른들과 친척 어른들에게 들은 이야기는, "네 아버지는 너무 순진하고 아주 착한 어린아이 같은 사람이었다"라는 말뿐이었다. 그게 내가 아는 아버지의 전부이다.

어머니의
생애

나의 어머니는 아버지가 살던 곳에서 그리 멀지 않은 화일리라는 마을에 살았는데, 당시 일제 치하에서 시집 안 간 처녀는 나이가 어려도 무조건 위안부로 공출된다는 이야기 때문에, 불과 18살 나이에 재혼하는 아버지에게 급하게 시집을 오게 되었다. 전처의 딸과 아들이 있는 홀아비에게, 거기에다 우리 큰아버지가 딸 하나만 낳으신 뒤 큰어머니와 함께 두 분 다 일찍 돌아가셔 홀로 남은 사촌 누님까지, 어린 자식이 셋이나 있는 집으로 시집을 오게 된 것이다. 그 후 얼마 안 되어 돌도 안 된 아들은 죽고 딸만 둘을 키우며, 우리 두 형제를 낳았다.

그러나 얼마 안 돼서 6·25 전쟁이 터지고, 시동생들이 있는 삼척군 장성읍 철암리 피내골에서 3년간 피난 생활을 했다. 그러다 수복이 되어 찾아온 고향 양양군 서면 상평리에는 아버지가 안 계셨다. 이때부터 어머니의 삶은 비극이었다. 그 당시 이곳 양양은 휴전선 최전방이라 말이 휴전이지 전쟁터나 다름없었다. 온 마을 전체가 군부대뿐이었다. 그러다 보니 우리 누님 두 분 다 어린 나이에 시집을 가게 되었고, 매형들도 모두 현역 군인이었다. 큰매형은 육군 대위였고, 작은매형은 이북 함경도가 고향인 육군 중사였다.

그렇게 두 딸은 시집을 보냈으나, 큰아들 내외와 둘째 아들을 먼저 보낸 우리 할머니의 화병으로 인해 어머니는 더욱 힘들었을 것이다. 더군다나 젊은 과부가 혼자 산다는 게 그 당시에는 더 쉽지가 않았을 것이다. 남자는 능력만 있으면 여자를 둘도 셋도 데리고 살았던 시절이었으니 말이다.

수복이 되어 돌아와 보니, 집이라고 해야 문짝은 헌 가마니 아니면 군인 담요를 걸쳐놓은 게 고작이었다. 그런 단칸방에서 우리 두 형제가 잠든 사이에 가끔 이웃 마을 아저씨가 와서 자고 새벽에 나가는 것을 몇 번 보았다. 하루는 어머니 시름 소리에 깨어서 보니 이웃 마을 아저씨가 어머니를 죽이려고 하는 거였다. 당시에는 변소가 밖에 있었기에, 변소에 가는 척 나와서 이웃의 친척 아저씨에게 누가 지금 우리 어머니를 죽이려 한다고 알렸고, 친척 아저씨들 몇 분이 와서 그 사람을 무참하게 두들겨 패서 쫓아 보낸 걸로 기억된다. 당시에는 내가 너무 어려서 이웃 마을 어느 분인지 지금도 생각이 안 나지만, 어머니나 누구에게도 물어볼 생각도 하지 않았고 또 알고 싶지도 않은 일이다.

그 후에도 양양경찰서 서면지서에 근무하는 최 순경이란 사람이 아들 하나만 낳아주면 우리 가족을 책임지겠다고 해서, 애를 하나 낳았는데 딸이어서 바로 아이만 데려간 걸로 생각이 된다. 아마 최 순경이란 사람은 삼척 사람으로 생각된다. 그때 내 나이가 8~9세 정도였을 것 같다.

나는 국민학교를 7살에 들어가 중학교를 15살에 졸업했다. 중학교를 졸업하고 지금의 태백시, 당시에는 삼척군 장성읍에 있는 태백공업고등학교에 진학하게 되었는데 3개월도 못 다니고 자진 퇴학해서 집으로 돌아왔다(퇴학 이야기는 다음에 하기로 한다). 당시 우리나라 국영 기업 중에서도 대단히 큰 기업이었던 대한철광의 양양광업소가 이웃 마을에 있었다. 고등학교를 자퇴하고 16살 어린 나이에 20대~40대의 제대 군인 어른들과 지하 몇백 미터 갱도에 들어가 그 무거운 철광석을 캐는 일을 했다(광산 일 하던 이야기도 나중에 하겠다).

그때 우리 마을에 내 친구의 작은아버지이자 나와 같이 광산 일을 다니는, 나이는 나와 띠동갑으로 12년 차이가 나는 사람이 있었다. 같이 일을 다니다 보니 사소한 심부름을 내가 다 했는데, 어느 날 무엇이 못마땅했는지 갑자기 불러서 하는 말이 "야 이 호로새끼야! 느이 에미는 어느 놈하고 붙어서 배가 저리 돼도 뭐가 얼마나 좋아서 웃고 다니냐"고 비아냥대는 거였다. 그 자리에서 싸우고 바로 어머니에게 달려가, 누가 이런 이야기를 하는데 어떻게 된 일이냐고 물었다. 어머니가 하시는 말씀이 우리 마을에 리어카를 끌고 엿장수를 하는 사람이 있는데, 그분이란다. 나는 그 소리를 듣는 순간 이성을 잃었다. 어른들과 일을 하면서 담배는 자연스럽게 함께 피웠지만 술은 한 번도 먹어본 적이 없었는데, 가게에 가서 한 병을 사서 안주도 없이 다 마셨다. 당시에는 4홉짜리 35도 소주였다. 그리고 나중에 계부가 된 그분의 집에 가서 리어카와 살림살이를 다 부숴버렸다. 그 일로 경찰이 와서 지서에 잡혀갔고, 지서에서도 행패를 부려 유리창과 책상, 의자, 전화기 등 보이는 물건을 다 부수고 도망을 쳤다.

도망쳐 나와 바로 계부의 집으로 가서 말했다. 나는 고향을 떠나니 앞으로 우리 어머니 눈에서 눈물이 안 나게 하시오! 만약 눈물 나게 하면 그날이 우리 다 함께 죽는 날이오 하고 어머니도 만나지 않고 고향을 떠났다. 그 후 어머니는 그때 가졌던 그 아이가 남동생이어서 지금도 그 이부(異父) 동생과 살고 계신다.

2
어린 시절

피난

나는 북한에서 태어났다. 내가 태어난 1947년 3월 8일 당시 강원도 양양군 서면 상평리 487번지는 '조선민주주의인민공화국'의 땅이었다. 가족으로는 할머니와 아버지, 어머니, 4촌 누님(호적상 친누님), 친누님(배다른 누님), 그렇게 다섯 식구가 있는 가정에서 귀염둥이 사랑받는 아이로 태어났다. 2년 후 1949년 8월 27일 나에게는 하나밖에 없는 남동생도 태어났다.

그러나 우리는 작은아버지 두 분이 남쪽(남한)에서 경찰 공무원을 한다는 이유로 항상 감시의 대상이었고, 힘들게 살았다고 한다. 우리 마을에서 38선까지는 약 30리밖에 안 돼서 남쪽과 자주 왕래가 있었다고 했다. 내가 네 살, 동생이 두 살 때인 1950년 6월 25일 전쟁이 났고, 우리는 아버지 한 분만 남기고 작은아버지들이 계시는 태백시(당시 강원도 삼척군 장성읍 철암리 피내골)로 피난을 갔다. 할머님의 말씀에 의하면, 피난 가기 전에 양은 적고 오래 두고 먹을 수 있게 엿을 만들어 네 살배기 나에게 짊어지게 했다고 한다. 이 엿은 여러 날 먹어야 하니 누구도 주지 말고 혼자만 지고 가면서 나만 먹으라고 했는데, 정말로 동생도 안 주고 때로는 업고 가는 누님들도 안 줬다고 한다. 그렇게 열흘이 넘는 피난길을 걸어 태백까지 갔다는 것이다.

남은 게 없는
수복

3년 전쟁이 끝난 후 양양이 수복되어 고향에 돌아왔으나, 집도 불타 없어지고 그보다 꼭 계실 줄로만 알았던 아버지가 처형되었다는 건 이미 말했던 것과 같다. 우리 마을에는 그런 이유로 한날 끌려가 다시 오지 못한 분이 열 명이 넘었다. 돌아가신 날을 모르니 집에서 끌려간 10월 16일에 제사를 지내는데, 이날 제사를 지내는 집이 많은 이유다.

수복 후 돌아온 고향, 집이 사라졌고 더구나 아버지도 돌아가셔서 안 계시니 사는 게 말이 아니었다. 고향에 돌아와 맨 처음 불타버린 집터에 움막을 쳤다. 방 한 칸 부엌 한 칸이었다. 부엌은 문도 없었고, 방문에는 가마니 거적을 치고 살았다.

할머니는 장성에 계시는 작은아버지가 다시 모시고 갔다. 누님들 두 분은 어린 나이에 시집을 갔다. 그래서 우리는 세 식구가 살게 되었다.

그때 우리 가족의 삶이란 지금으로선 어떤 말로도 표현이 안 된다. 어떻게 살았는지 아니, '사람의 명(命)이란 게 어쩌면 그리도 질겨서 죽어지지도 않는 건지'라는 생각마저 든다.

집을
짓다

내가 중학교 2학년 때, 새집을 짓는 게 유행이었다. 그것도 8칸 시멘트 기와집이었다. 다행히 집에서 가까운 곳에 우리 산이 있었고, 당시에는 산에 나무가 별로 없었으나 우리 산에는 소나무가 많았다. 집을 짓고도 남을 만큼 충분했다. 산에서 나무를 베어 그 자리에서 노코톱(제재톱)으로 집 재목을 만들면 마르기도 빨리 마르고 양도 준다. 산에서 재목을 다 만들면, 마을에서 울력(한 집에서 한 사람씩 도와주는 것)으로 옮겨 올 수 있었다. 그리고 먼 친척 어른 세 분이 우리 마을에서 목수 일을 하고 있어서 큰 도움을 받았다. 그중 한 분은 6·25 전쟁으로 불탄 천년 사찰 낙산사를 군 병력의 지원을 받아 도면도 없이 복원한 유명한 분이다.

그러나 집을 다 짓고 나니 빚을 감당하지 못해 결국 그 산을 팔아야 했다. 비록 산을 팔아 만든 꼴이었지만, 그 어린 나이에 어른들도 감당하기 힘든 집을 지어놓은 것이다. 그런데 그런 집에서 3년도 못 살고 고향을 떠나야 했던 당시의 마음은, 지금 생각해도 무어라 말할 수가 없다. 그래도 떠나야 했고 그래서 평생 고향을 그리며 살았다. 그래서인지 외지에 살면서는 적어도 일 년에 두 번 이상은 늘 고향을 찾았다.

공부보다
나무하기

나는 학교를 다니면서 공부만 열심히 할 수가 없었다. 당시의
기억으로, 학교를 갔다 오면 나무를 하는 나를 보며, 어른들은 아
버지나 형들이 있어서 공부만 하는 친구들보다 오히려 더 칭찬
했다. 그래서 철없는 나는 공부보다 나무를 잘하는 걸 자랑으로
생각했다.

국민학교 3학년 때로 기억된다. 아주 가까운 곳에 나무가 너
무 좋은 게 있었다. 나는 이게 웬 떡이냐 하고 나무를 해다 때었
다. 그런데 그 나무는 옻나무였다. 옻이 오른 나는 열흘도 넘게
학교에 가지 못했다. 또 겨울이면 온 산의 나무 밑 검불(낙엽)들
을 긁어모아 불을 때었다. 지금은 산에 나무가 많으니 산불도 자
주 나지만, 그때는 산불이 날 리가 없었다. 하물며 쌀이나 돈이
없으면 이자를 주고 빌리지만, 낙엽까지 다 긁어다 때는 형편이
라 나무는 빌릴 수도 없었다. 또 나무가 없으면 밥도 못 해 먹었
다. 겨울에는 아궁이에 나무를 때도, 요강에 오줌이 얼었다. 하지
만 내가 학교에만 다녀오면 열심히 나무를 했기 때문에, 우리 집
은 땔감 걱정은 하지 않았다. 지금 생각하면 나무하는 데 온 정
신을 팔아서인지 공부에는 너무 관심이 없었다.

앞에서도 말했지만, 나는 중졸이다. 막내 작은아버지는 삼십 대에 돌아가셨는데, 내가 우리 집안의 장손이고 막내 작은아버지에게는 장질이라며 네 공부는 책임지겠다고 하시면서 작은집이 있는 지금의 태백공고에 입학까지 시켜주셨다. 그런데 불행히도 그해 이월 젊은 나이에 돌아가셨다. 나는 학교를 더 다니지 못하고, 다시 집으로 오게 됐었다. 학교는 거기서 끝이었다.

광산에서

그 후 나는 16살부터 20대, 30대, 40대 어른들과 양양광산에서 일했다. 그런 나이에 광산에서 광부 일을 한다는 게 지금에야 노동법이니 뭐니 해서 이해가 안 되겠지만, 그 당시 나는 지하 300미터 막장 갱도에 들어가 그 무거운 철광석을 광차에 싣는 작업을 했다.

작업은 하루 8시간 3교대로 했는데, 일주일은 아침 8시 출근, 그다음 주는 오후 4시 출근, 또 그다음 주는 밤 12시에 출근하는 식이었다. 둘이 한 조가 되어 하루에 1톤짜리 광차를 여섯 광차씩 실어서, 짧으면 50미터 멀면 300미터 이상 밀고 나와서 슈트에 쏟아붓는 일이었다. 열심히 하면 책임량 여섯 대는 4시간이나 점심시간까지 다하고, 오후에 2~3대를 더했다. 그렇게 받은 한 달 월급이 면사무소 공무원의 두 배 정도는 되었던 걸로 생각이 된다. 그때 쌀값이 얼마였는지 생각나진 않지만, 월급은 많이 받으면 7천 원 이상 받은 것 같다. 그때가 1964년경이었던 것 같은데, 모든 게 오래되다 보니 약간 차이가 날 수도 있다.

고향을
떠나다

그렇게 광산에서 일하다가, 어머니 문제로 지금도 이웃에 사시는 친구 작은아버지와 싸우고 지서도 다 때려 부수고 했으니, 경찰에게 붙잡히면 나는 죽는다 싶어 검정 고무신에 양말도 없어 못 신고 양양읍까지 십 리 길을 밤중에 걸어서 내려갔다. 당시에는 버스 종점 근처에 여인숙을 미리 얻어놓고 차표를 사면서 여인숙 방을 알려주면, 버스 차장이 새벽 4시 통금 해제 사이렌이 울리면 여인숙으로 깨우러 왔었다.

새벽 4시에 출발한 버스 의자는 나무 의자라 심하게 덜컹댔고 지금 같은 버스와는 달랐던 게, 앞대가리가 군 트럭 지엠씨(GMC) 대가리였다. 이 차가 강릉에 도착하니 12시가 넘어 점심시간이었다. 여기서 점심을 먹고 출발한 버스가 밤재를 올라가는데, 때마침 눈이 와서 손님들이 내려, 앞에서는 눈을 치우고 뒤에서는 차를 밀면서 밤재를 넘었다. 지금은 동해시로 통합된 묵호에 도착하니 저녁 7시에 출발하는 청량리행 열차도 떠나버린 밤 9시였다. 역전 여인숙에서 자고, 다음 날 새벽 5시에 영주행 완행열차를 타고 도계읍 심포리 나한정역에서 내렸다. 통리역까지는 걸어야 했다. 길은 가파른데 눈까지 오고 겨울이라 땅까

지 얼어서 거기서 파는 새끼줄을 사서 양발에 감아야 통리역까
지 올라갈 수 있었다. 통리역과 심포리역 사이는 너무 가팔라, 기
차가 양쪽 역에 도착하면 사람이 걸어서 옮겨 탔던 것이다. 그렇
게 무작정 작은누님이 계시는 철암역에 12시가 넘어 도착했다.

어머니의
재가(再嫁)

내가 고향을 떠난 후, 동생이 중학교 2학년 때 어머니는 재가했다. 그 어린 아들을 혼자 두고 떠나갈 수 있었다는 것이 지금 생각해도 이해가 안 된다. 꼭 재가를 해야 했다면 동생을 데리고 갔어야 할 것 아닌가. 하지만 나는 지금까지도 어머니에게 여쭤보지 않았다. 앞으로도 묻지 않을 것이다.

그때 서울로 가신 어머니는 서대문구 홍은동 버스 종점 근처, 당시 문화촌이라는 곳에 자리를 잡고 유진상가에서 양은그릇 장사를 시작했다. 그러다가 상계동 지금의 당고개역 근처로 집단 이주할 때 옮겨와 지금까지 살고 계신다. 의붓아버지는 슬하에 전 부인 사이에 낳은 딸 하나가 있었고 그때 어머니가 양양에서 임신한 아들 하나를 낳아 같이 살았다. 의붓아버지는 5년 전 사망하셨고, 어머니는 지금 그 아들과 사시는데 95세(2022년)라는 연세에 비해 상당히 건강하게 살고 계시다.

3

객지 생활

아무런 소식도 없이 누님 집에 들어서니 매형과 누님은 깜짝 놀라면서 어떻게 왔느냐고 물었다. 나는 울며불며 자초지종을 이야기했다. 서면 지서(파출소)의 집기와 유리창도 다 부숴버리고 도망을 왔는데 경찰에서 찾지 않을까 걱정이 된다고 하니, 매형이 너무 걱정하지 말고 좀 쉬면서 앞일을 생각해보자고 했다.

철암에서는 나이가 어려 탄광 일은 받아주지 않았다. 당시에는 기차역에서 화물 하역 작업을 하는 일을 '마르버스'라고 했다. 어린 나이에 힘든 일이지만 이 일을 해보는 것이 어떠냐고 매형이 물었다. 마침 매형이 철암역 대한통운 하역 작업반장을 하고 계셨기 때문에, 그나마 나는 매형 밑에서 일을 할 수가 있었다.

그렇게 한 1년쯤 지날 무렵, 서울에 사시는 셋째 작은아버지께서 내려오시어 내가 하는 일을 지켜보더니 매형과 누님을 불러 크게 야단을 치셨다. 이렇게 어린아이에게 어른들도 힘든 일을 시킨다고 무척이나 화를 내셨다. 당시, 광산 갱내로 40톤 화차 한 대가 들어오면 열 명 정도가 작업을 시작해서 약 1시간 내에 갱목을 다 내려야 했다. 작은 나무야 40~50킬로그램이지만 100킬로그램이 넘는 큰 나무가 더 많았다. 또 시멘트는 30톤짜리 화차 한 대에 700여 포대로 생각되는데, 공장에서 나온 지 얼마 안 되는 시멘트는 뜨거운 정도가 아니고 불덩이였다. 그것도 열 명 정도가 한 시간 내에 하차해야 했다.

그날 저녁 작은아버지와 누님, 매형 그리고 나까지 함께 모여 의논을 했다. 철암에서는 이런 일이 아니면 다른 방법이 없다는 매형 얘기에, 작은아버지께서 그럼 여기 일을 하루속히 정리하고 서울로 올라오라고 결론을 내셨다. 그렇게 철암에서의 첫 객지 생활을 정리하고, 당시 경기도 양주군 번동-창동(지금의 강북구 번동-창동)에 사시는 작은집에 올라오게 되었다.

서울로

그때는 경기도와 서울 경계가 지금의 강북구청 앞 수유삼거리였고, 검문소가 있었다. 서울에 올라와 보니 작은아버지는 두 집 살림을 하고 있었다. 큰작은어머니가 아들 네 명, 작은작은어머니가 아들 두 명, 합해서 4촌 형제가 여섯 명이나 되었다. 큰작은어머니집은 고려대학교와 홍릉 사이의 경춘선 철길 밑 하천가의 오두막이었는데, 철길 너머에 미군 부대가 있었던 것 같다. 밤이면 철길 넘어 무언가 한 보따리씩 옮겨온다. 지금 생각해보니 미군 부대에서 술(양주)과 화장품, 과자, 빵 등의 먹거리가 아니었나 생각된다. 또 어느 날은 온 동네가 술 냄새로 진동했다. 시에서 밀주 조사를 나오는 날에는 너도 나도 모두 다 술독을 하천가에 내어놓고 다 부어버리는 것이었다. 어린 생각에 왜 한두 번도 아니고 한 달이면 한두 번씩 계속 그래야 하는지 이해가 안 되었다. 알고 보니 밀주를 담아 파는 사람들이었다.

나는 창동 작은작은어머니 집에 머물기로 했다. 큰작은어머니집은 나와 동갑내기 4촌도 있었지만, 내가 생일이 3개월 빨라 형이었다. 거기에 두 살 아래 4촌 동생은 태어나면서부터 소아마비로 걷지를 못했다. 사는 형편이, 어린 내가 보아도 너무 어려웠다. 그래서 나는 창동 작은작은어머니집에서 살기로 한 것 같다. 창동 작은어머니는 창동 샘표 간장 공장 앞 우이천 가에 은행주택이라고 하는, 한 열 가구 됨직한 신축 주택에 살았다. 당시에는 허허벌판, 바람이 불면 먼지만 날리는 모래벌판이었다.

그때 우리나라 최초로 '카시미롱'이란 이불이 나오기 시작했는데, 일반인들은 구경도 못하고 주로 우리나라에 와 있는 미군들이 귀국 선물로 주문 생산을 했다고 기억된다. 창동 작은어머니는 의정부나 동두천이 가까이 있어 가내수공업으로 그 이불을 만들었다. 내 기억으로는 직은작은어머니가 이불도 만들어 팔았지만, 이불을 가지러 오는 분이 미군 피엑스에서 나오는 여러 가지 미군 군용품도 많이 가져왔고, 특히 담배, 술, 화장품 등으로 장사도 했던 걸로 기억된다.

가내수공업을 하려고 집에는 미싱사 일을 하는 누나들이 다섯 명 정도 있었다. 그중 나이가 제일 많은 숙이라는 누님과 경남 마산에서 왔다는 자야 누나는 특별히 기억하고 있다. 두 분 다 나를 불쌍하게 생각해서 쉬는 날에는 수유시장에 데리고 가서 짜장면을 사주곤 했다. 자야 누나는 수유극장에서 영화 구경도 많이 시켜주었는데, 영화 제목은 하나도 생각이 안 난다. 정말 두 누님은 꼭 보고 싶다. 특히 자야 누나는 다시 꼭 뵙고 싶다.

그 당시 기억나는 일 중에 도둑이 든 일이 있다. 어느 날 새벽 무렵 누나들이 안방으로 몰려와 부엌에 도둑이 들었다고 했다. 작은아버지가 마루로 나와서 마루에 있는 홍두깨를 들고 부엌 문을 탕탕 치면서 누구냐 하니까, 부엌에서 도둑이지 누구는 누구냐고 더 큰소리치면서 나오기만 하면 죽여버린다고 했다. 다음 날 아침 일어나 보니 빨래를 해서 부엌에 널어놓은 누님들 양말 속옷 등을 모두 걷어 간 거였다. 그뿐 아니라 칫솔, 치약, 미원(조미료), 소금, 고춧가루, 기름 등은 물론 밖에 있는 장독대에서 고추장, 된장, 간장까지 모두 쓸어간 거였다.

얼마 후 나는 자야 누나 소개로 한성여대 언덕 위에 있는 인쇄공장에 들어가게 되었고 인쇄 일을 열심히 배웠다. 그 공장에는 내 또래 아이들이 세 명 정도 있었고 형들도 두 명 있어서 사장님까지 모두 여섯 명이 일을 했는데, 사장님은 내게 일을 빨리 배우고 잘한다고 칭찬을 자주 하셨다. 그러던 중 1·21 사태 즉, 김신조 청와대 습격 사건이 일어났다. 그때까지 살아오면서 한밤중을 대낮같이 밝게 밝힐 수 있다는 건 들어보지도 본 적도 없는 일이었다. 너무너무 신기했던 기억이다. 나중에 원주 1군 하사관 학교에서 훈련도 받아보고 군 생활을 삼 년 동안 했지만, 군사 작전으로 그때처럼 밤이 대낮같이 밝은 건 본 적이 없다. 그 후 인쇄소가 을지로로 이전하게 되었는데, 거기에는 기숙사가 없어 창동에서 을지로까지 출퇴근을 할 수가 없어서 인쇄소를 그만두게 되었다. 지금도 나는 인쇄 기술을 못 배운 게 아쉽다. 인쇄 기술을 끝까지 배웠다면, 지금쯤 내 인생은 어떻게 되었을까 하는 생각도 가끔 해본다.

청과 상회

　그 후로 겨울이 가고 봄이 되어 작은어머니 아시는 분이 소개를 해줘서, 남대문시장에 있는 삼화상회라는 청과 상회에서 점원으로 일하게 되었다. 내가 기억하기로는, 그때 1968년 당시 우리나라에서 청과 상회로는 제일 큰 상회였다는 생각이 든다.

　그 당시 바나나가 수입돼 부산항에 컨테이너로 들어오면 기차로 서울역 서부역에 수송하고 거기서부터는 손수레로 옮겼다(그때는 지금처럼 리어카가 별로 없었고, 나무로 만든 수레를 많이 썼다). 그 바나나를 수레꾼 몇십 명이 하루 종일 옮겨 우리 상회 지하실을 꽉 채웠다. 그러면 또 우리는 밤새워 그 바나나 소쿠리(가마니)에 얼음과 카바이드를 올렸다. 그러고 나서 일주일에서 한 열흘 지나면, 익은 바나나를 먹게 된다. 우리나라 떫은 감을 침시 담그는 것과 똑같다. 처음 익지 않은 바나나는 새파랗고 돌같이 단단하다. 파인애플도 수입했다. 그래서 나는 어린 나이에 바나나와 파인애플, 야자수도 먹어보았다. 지금도 기억나는 것은, 손님들은 야자수를 순이 많이 큰 것으로 사 가지만 순이 많이 큰 것은 물이 없고 오히려 순이 작아야 물이 들었다는 것을 그때 처음 알았다.

　우리 상회에는 나 같은 점원이 많을 때는 10여 명, 적어도 7~8명은 항상 있었다. 점원 일은 자전거에 과일을 가득 싣고 서울 시내 어디든 배달을 다니는 일이었다. 그때는 종로나 마포, 청량리, 돈암동 같은 곳은 전차 길이 있었는데, 짐을 가득 실은 자전거 바퀴가 전차 바퀴 자리에 빠지면 그날은 며칠 일당이 날아가는 거였다. 자전거 고쳐야지, 과일 다 부서지지, 더군다나 바나나나 파인애플이 값이 어마어마하게 비쌌기 때문이다. 또 새벽 4시에 일어나서 자전거로 경기도 부천까지 갔다. 복숭아 철에는 복숭아, 포도 철에는 포도를 사서 싣고 남대문까지 돌아오면 점심때가 다 되곤 했다.

　그러다 한 일 년쯤 돼서, 과일 이름과 장사 요령을 터득하고 일을 잘하면 사장님이 독립을 시켜주셨다. 잠은 상회 옥상에서 자고, 식사는 본인이 해결하고, 사장님이 리어카와 물건을 외상으로 대주면, 그날그날 장사를 해서 갚는 것이었다. 장사하는 장소도 남대문을 중심으로 서울역, 양동, 시청 앞, 명동, 시경 앞, 남대문 극장 앞 등 사장님이 정해주는 장소에서 장사를 하게 되는데 나는 다른 친구들보다 상회에서 가까운 양동으로 정해주었

고 장사도 잘 되는 곳이었다. 그때는 양동이 창녀촌이어서 밤낮

없이 장사가 잘 되었다. 내 기억으로 그때 하루 장사가 잘 되는

날은 천 원도 더 벌었던 것 같다.

서울을
뜨다

그런데 한 가지 안 좋은 건, 건달들이 와서 과일을 자기 것처럼 주워 먹고 어느 놈은 창녀들까지 데리고 와서 먹고는 값을 치르는 건 고사하고, 때로는 돈도 빼앗아 가는 거였다. 하루에 천 원 벌면 백 원까지는 참을 수 있지만, 오백 원 이상 털리는 날은 헛장사였다. 당시 남대문시장에서 소고기국밥은 20원, 돼지국밥은 10원씩 할 때다. 나는 돈을 아끼느라 늘 돼지국밥만 먹었는데 소고기국밥은 딱 한 번 먹어본 것 같다. 한 달에 어쩌다 장사가 잘 돼서 짜장면 한 번 먹는 날은, 할머니와 동생 생각에 울기도 했었다. 그런데 늘 건달들에게 몇백 원씩 빼앗기니 당하고 참을 수만은 없었다.

하루는 해 질 무렵에 건달 한 놈이 와서 바나나를 제 것처럼 먹으면서 돈을 요구하기에 리어카 밑에 감추어두었던 각목으로 마구 때렸다. 그다음 날 건달 두목이란 점잖은 사람이 인상 험하게 생긴 놈을 양쪽에 데리고 왔다. 나는 리어카째 퇴계로 길 건너 파출소 뒤편으로 끌려갔다. 거기서 죽지 않을 만치 두들겨 맞고 붙잡혔다. 그리고 내일부터 장사는 할 생각도 하지 말고 자기들이랑 일하자는 거였다. 거기서 하룻밤을 보내고, 다음 날 한 명이 따라붙어 우리 상회에 내 옷과 생필품을 가지러 갔다. 나는 여기서 탈출하지 못하면 깡패가 되든지 아니면 맞아 죽겠다는 생각이 들어 옷이고 뭐고 다 버리고 간신히 도망을 갔다. 그러고 는 작은집에도 안 알리고, 바로 청량리역에 와서 밤 9시 강릉행 열차를 타고 다시 누님 집이 있는 철암으로 돌아간 것이다.

동생의
입대

다시 철암에 온 내가 할 일이라고는 매형이 있는 철암역에서
화물을 상하차하는 것밖에는 없었다. 하는 수 없이 철암역에서
대한통운 일을 하게 되었다.

그 무렵 고향 양양에 있는 하나밖에 없는 동생에게서 편지가
왔다. 군대에 지원 입대를 하겠다는 편지였다. 그것도 해병대로
가겠다는 거다. 그러나 형인 나로서는 만류할 힘이 없었다. 당시
에는 월남전이 치열할 때여서, 해병대는 무조건 월남의 전쟁터
로 가야 하는 줄 알면서도 도저히 막을 길이 없었다. 동생 나이
열여덟 살, 내가 알기로는 지금 같으면 만 18세가 되어야 군에서
받아주지만, 당시는 해병대 지원자가 없어 육군 영장이 나와도
해병대로 강제로 징집이 되기도 할 때여서, 어린 나이였어도 군
에서 받아준 것 같다.

그리고 몇 달 있다 보니 진해 해병훈련소에서 편지가 왔다. 다
음 날 바로 진해로 면회를 갔다. 무척이나 더운 여름 날씨에 태
백에서 진해까지 기차를 몇 번 갈아타면서 진해 해병훈련소에
도착했는데, 지금 생각해보면 하루 24시간을 꼬박 밤낮없이 달
려간 것 같다. 훈련소에 도착해서 위병소에서 면회를 신청하는

데, 너무너무 친절하게 안내를 하는 거였다. 양양이 수복지구이자 전방이라 군 생활을 많이 봐왔는데, 군대가 친절할 수 있다고 생각하지는 못했다. 훈련소 부대 안에 잘 가꾸어진 정원이 야외 면회 장소였다. 등나무 정자도 몇 개 있었는데, 한 곳을 정해주면서 기다리면 나올 거라고 했다. 한참 후에 누군가 통닭 한 마리와 음료수를 가져왔다. 그때 처음으로 치킨이란 걸 보고 먹어도 보았다. 그런데 동생은 안 나오고 음식부터 푸짐하게 가져오는 게 이상했다. 물론 내가 주문한 것도 아닌데 너무 많이 나와 돈 걱정도 되었다. 이런 생각 저런 생각을 하고 있는데, 동생이 아닌 내 국민학교 동창인 조광수가 하사 계급장을 달고 나타났다.

고향에서 군인들을 많이 보기는 했지만, 부대 생활은 전혀 몰랐다. 친구 조광수가 하는 이야기로는, 자기도 중학교를 졸업하고 바로 해병대에 들어와서 지금은 해병훈련소장 운전기사로 있기 때문에, 해병대원 중 월남에 안 가는 몇 안 되는 사람 중 하나라는 것이었다. 그리고 내가 면회소에서 접수할 때 훈련소장님을 모시고 부대로 들어오다 우연히 나를 봤다고 했다. 고향에서 헤어진 지 몇 년 안 되다 보니 운전을 하면서도 즉시 알아보았다고 했다. 소장님을 내려드리고, 바로 면회소에 전화를 해서 이름(마정하)을 확인하고, 음식을 차려서 안내하라고 했다는 것이었다.

얼마 지나지 않아 동생이 나타났다. 친구가 옆에 있는데도 우리 두 형제는 부둥켜안고 얼마를 울었는지 모른다. 시간이 흘러 친구가 동생을 위로하며, 기왕에 한 번 마음을 먹었으니 열심히 훈련을 받아보라고 했다. 자기도 훈련을 받을 때는 너무 힘들었지만, 우리는 젊으니까 한 번 해보는 거라고 용기를 북돋웠다. 그렇게 마지막에는 파이팅을 외쳤다. 우리 두 형제뿐이었으면 무척이나 쓸쓸했을 면회를, 생각지도 않은 친구를 만나 즐거운 추억으로 남는 면회가 되었다.

동생의
월남 파병

면회를 다녀온 뒤, 나는 전과 다름없이 어른들도 힘들어하는 그 일을 열심히 했다. 얼마 후 동생이 훈련을 무사히 마치고 포항에 부대 배치를 받아 군 생활을 하고 있다는 편지를 받았다. 그리고 한 달도 안 돼 또 편지가 왔는데, 급하게 월남 파병 결정이 나서 형 얼굴도 못 보고 3일 후면 월남 전쟁터로 간다는 내용이었다. 편지를 받은 날 낮에 철암에서 영동선 열차를 타고 다시 영주에서 경주 가는 중앙선 열차를 갈아타고 경주역에 도착하니, 벌써 해는 지고 어두워지는데 포항 가는 열차도 시외버스도 다 끊긴 후였다. 때는 엄동설한이라 춥기는 또 어찌나 추운지, 하는 수 없이 택시를 합승해 탔다. 얼마 안 가 검문소가 있었다. 검문하면서 포항은 왜 가느냐고 묻기에, 동생이 해병대로 포항에서 근무하는데 급하게 내일 월남으로 파병 간다고 해서 면회 가는 길이라고 말했다. 그런데 안 된다는 거였다. 갑자기 오늘 계엄령이 선포되어 파월이 취소되었고, 지금 포항에 가보아야 비상사태라 면회도 안 된다는 거였다. 그러니 여기서 돌아가라는 것이었다.

그때 옆에 합승한 군인이, 동생한테서 온 편지가 있으면 주소 좀 보여달라기에 편지 봉투를 보여주었다. 계급이 중사였는데,

검문하는 병사에게 내가 알아서 할 테니 그냥 보내라고 하며 같이 포항으로 가자고 했다. 알고 보니 옆에 탄 중사는 경주에 근무하는 해병 보안분소장이었다. 그분이 포항에 도착해서 어느 여인숙집을 소개하면서, 이거는 꼭 지켜주어야지 잘못되면 동생도 나도 다 영창 가게 된다며 이야기를 했다. 나는 꼭 지키겠다고 약속했다. 그분이 부대로 들어간 후 한참이 지나서 동생이 소위 계급장을 달고 나타났다. 주인집에서는 그사이 통닭을 삶아 내어왔다. 우리 두 형제는 밤이 새도록 먹는 것도 자는 것도 잊고 부둥켜안고 울었다. 그분과 약속한 건, 본래는 면회가 안 되지만 내 이야기를 듣고서 사정이 너무 가엾어서 만나게 해주는 거니 시간을 지켜서 동생을 돌려보내라는 거였다. 잘못되면 자기도 책임을 져야 하니 약속은 꼭 지키라는 당부였고, 그분이 아니면 만나지도 못할 뻔했기 때문에 너무 고맙고 또 당연하게도 그 약속을 지켜 동생을 복귀시켰다. 그 짧은 밤이 지나고 새벽쯤, 기억하기로 4시쯤에 동생을 부대로 복귀시키고, 나는 철암으로 돌아왔다. 그때 계엄이 '울진 삼척 간첩 사건'이다. 그 후 계엄이 해제되면서, 동생은 소식도 없이 파병되어 다시 보지 못하고 전쟁터로 떠났다.

4
장가를 들다

서울에서 온
편지

그날도 예나 다름없이 하역 작업을 열심히 하고 있는데, 역 화물계 직원이 와서 나를 보고 역전 순댓국집에 가보라고 했다. 서울에서 나를 찾는 사람이 왔다고. 순간 나는 당황했다. 고향을 떠날 때 지서(파출소)를 부수고 도망친 일로 항상 불안했고, 더구나 서울 남대문 양동에서 건달을 두들겨 패고 몰래 이곳으로 도망 온 지 불과 일 년이 조금 넘은 때라 '도둑이 제 발 저린다'는 속담을 절실히 실감했다. 너무나 겁이 나서 역 대합실에서 순댓국집을 건너다보았다. 다행히 기차가 오가는 시간이 아니어서 대합실이나 역 광장에 오가는 사람이 없었다. 건너다보니 순댓국 식당에도 손님이 보이지 않았지만 그래도 조심조심 광장을 건너 식당에 들어섰다. 식당에는 의외로 점잖은 노신사 한 분이 혼자 계셨다. 나는 슬그머니 옆으로 다가가서 서울에서 오신 분이냐고, 혹시 마정하를 찾으시냐고 물었다. 그렇다고 했다. 어딘가 모르게 나는 마음이 놓여, 제가 마정하라고 인사를 하니 그분이 편지를 내놓으시며 서울에 계시는 어머니와 이웃에 사는 사람인데 어머니 부탁으로 심부름을 왔다고 했다.

그분 말씀이 어머니가 늘 우리 두 형제 얘기를 하면서 눈물로 세월을 보내신다며 편지를 뜯어보라고 하셨다. 막상 이야기를 듣고 나니 편지를 뜯어볼 용기가 나지 않았다. 한참을 정신없이 멍하니 하늘만 쳐다보고 있으니, 어서 편지를 읽어보라고 재촉을 하셨다. 나는 다시 생각했다. 동생은 월남에서 목숨 걸고 싸우고 있고, 나 또한 서울과 이곳을 오가며 갖은 고생을 다하고 있는데, 이게 다 어머니의 잘못이란 생각을 지울 수가 없었다. 그런 생각에 너무도 서운해서, 죄송하지만 이 편지 다시 가지고 가셔서 어머니께 돌려드리고 앞으로 우리 두 형제가 찾을 때까지 먼저 찾지 말고 기다리시라고 전해달라 하고는 자리에서 일어났다. 그랬더니 그분께서 나를 꼭 껴안으면서, 그래도 서울에서 여기까지 온 성의가 있는데 이건 도리가 아니니 찾아온 자기를 봐서라도 꼭 이 편지를 읽어보라며 주저앉혔다.

술안주로 순댓국 한 그릇과 소주 한 병(당시에는 4홉)을 시켜놓으시고, 본인은 술을 못 먹는다고 하시길래 내가 얼른 냉면 대접 하나를 갖다가 술 한 병을 따르니 딱 한 잔이었다. 눈치나 체면도 생각지 않고 단숨에 다 마셨다. 혹시 서울에서 어머니와 연락이 오가는 것을 누님이나 매형이 아시고 작은아버지께 알리면, 그나마도 작은아버지나 매형 옆에서 살 수가 없을 것이다. 이런저런 생각을 하니 어머니 소식이 반갑지 않고 오히려 두렵고 겁이 났다. 나는 술을 한 병 더 달라고 해서 이번에는 반병만 따랐다. 그분께서 술은 지나치지 않도록 주량껏 마시라면서, 막상 심부름을 왔지만 이 나이 먹도록 이런 일은 처음이라 본인도 무어라 할 말은 없지만, 어머니 편지를 읽어보면 다소 생각이 바뀔 수도 있으니 일단 편지부터 읽어보라고 독촉하시면서, 저녁은 무엇으로 먹겠냐고 물으셨다. 나는 저녁밥 생각이 없으니 혼자 식사를 하시라고 했다. 그분 하시는 말씀이, 본인은 서울서 여기까지 심부름만 왔지 죄지은 건 없는데 왜 그런지 본인이 미안해서 너무 힘들다고 하셨다. 나는 이야기를 했다. 동생은 중학교를 졸업하고 어린 나이에 월남 전쟁터에 가 있고, 나 또한 할머니와 헤어져 이곳에 와서 이렇게 살고 있다. 만약 우리 집안 쪽에서 작은아버지나 누님들이 아시면 나는 도저히 살아갈 길이 없으니, 이 편지를 가지고 올라가셔서 어머니에게 내 사정을 이야기해달라고 사정을 했다.

그렇게 시간이 흘러 밤 9시, 서울 가는 기차가 들어올 시간이 되었다. 그분도 기차 시간이 되니 어쩔 수 없이 차표를 끊어서 플랫폼에 나가 있다가, 기차가 들어와서 기차를 타셨는데, 기차가 출발할 때 편지를 창밖으로 던진 것이었다. 기차가 떠난 뒤 철길에 떨어진 편지를 주워 집에 오면서 소주 한 병을 샀다. 편지는 보지도 않고 술만 마시고 잠을 자려니 도저히 잠이 오지 않았다. 결국, 편지를 뜯어서 보기는 했는데 지금은 무어라 쓰였는지 하나도 생각이 나지 않는다. 아침에 일어나니 편지는 다 찢어져 여기저기 널려 있었다. 모두 쓸어 연탄아궁이에 처넣고 출근을 했는데, 기분이 다른 때와 달라 기운이 나지 않았다. 그래도 아침부터 어른들과 아침 해장을 한 잔씩 하고 나니 일할 힘이 생겼다. 어제 일은 매형만 모르시면 누님이나 다른 사람은 걱정 안 해도 된다고 애써 생각했다.

어머니와
재회하다

그렇게 한 달이나 지났을까, 어느 날 서울에서 지난번 오셨던 그분이 또 오셨다. 이번에도 편지를 가져오셨다. 정말로 편지를 안 보고 또 지난번처럼 내 이야기를 아무것도 가져가지 못하면, 다음에는 어머니가 직접 오겠다고 하셨단다. 나는 한참을 생각했다. 만약 어머니까지 이곳에 내려와 누님이나 매형 또 서울 작은집까지 알게 되면 나는 어떻게 될까 생각하니 보통 큰일이 아니었다. 하는 수 없이 그분을 오늘 하루 쉬고 내일 가시라며 여관에 모셨다. 여관에서 우리 집안 이야기며 동생 이야기 등 많은 이야기를 나누었다. 물론 어머니께 들은 이야기와 다른 부분도 있었겠지만, 이야기를 듣고 나니 조금이나마 내 입장을 이해하게 되었다고 하셨다. 나는 올라가시면 첫 번째로 내가 어머니와 소식을 주고받는 것을 우리 마가 집안에서 알면 절대로 안 되니 꼭 조심해야 한다고 신신당부를 드리며, 편지를 뜯어서 함께 보았다. 별 내용은 없이, 동생이 월남에 간 것도 모른 채 그저 보고 싶으니 꼭 올겨울 안으로 서울 어머니 댁에 다녀가라는 얘기였다. 만약 안 올라오면 어머니가 직접 철암에 오시겠다는 거였다. 나는 그분께 말씀드렸다. 서울에도 살아보았고 더구나 철암에

서 청량리역까지는 차비도 들지 않고 다닐 수 있으니, 아저씨가
올라가시면 며칠 내로 올라가겠다고 약속을 하고 보내드렸다.

막상 올라가겠다고 결정을 하고 나니 별생각이 다 났다. 혹시
일자리라도 생겼나, 왜 꼭 올겨울 내로 올라오라고 하시나… 많
은 생각들이 지나갔다. 보고 싶은 것보다, 몇 년 동안 너무너무
힘들게 살아왔기에 일자리를 제일 먼저 생각했다. 며칠 후 매형
에게 거짓말을 했다. 할머니를 뵌 지 오래되었으니 휴가를 좀 내
주시면 서울을 다녀와야겠다고 이야기했다. 매형께서 쾌히 승
낙해서 서울에 올라갔다. 새벽에 청량리에 내려 서대문 가는 버
스를 타고 다시 서대문에서 홍은동 종점까지 가는 버스를 타고
무악재을 넘었다. 지금도 문화촌 입구에 유진상가가 있는지 몰
라도, 그때는 서울에서도 무척 큰 상가였던 유진상가를 끼고 돌
아서 홍은동 종점에 도착했다. 거기서 내려 산언덕을 구불구불
얼마나 돌고 돌았는지 한참을 걸어 언덕 위에 오르니, 다닥다닥
판잣집들이 이어져 있었다.

물어물어 어머니 집을 찾아갔다. 집에 들어서니 어머님이 무
척 반갑게 맞아주었다. 그런데 집안에는 어머니밖에는 아무도

없었다. 어머니를 만나기 전에 의붓아버지와 전 부인 사이에 딸이 하나 있었다고 알고 있었고, 어머니가 여기 와서도 아들을 하나 낳았다고 들었는데, 집안이 조용했다. 어쨌든 어머니를 막상 만나니 분노보다는 반가움이 앞섰다. 추운 겨울 날씨에 안방에 들어서니 판잣집 살림살이가 너무 초라했다. 나는 별로 물어보거나 궁금한 게 없었다. 한참을 서로 안고 울었다. 얼마 후 어머니가 말씀하셨다. 내가 너를 꼭 올겨울에 올라오라고 한 것은, 내가 죽어도 너희 형제에게는 할 말이 없게 됐지만, 그래도 내가 살아서 너에게 꼭 한 가지 해야 할 일이 있어서, 큰며느리는 내가 골라서 너에게 짝을 지어주고 싶어서 보자고 했다는 거였다. 그래야 그나마 너에게 미안함을 덜 수 있지 않을까 해서 급히 보자고 한 거였단다.

며느릿감

어머니 말씀이, 여기 옆방에 충청도 청년 하나가 하숙을 하고 있는데, 겨울철에는 농사일이 없어 오빠 밥도 해주고 빨래도 하고 하면서 올라와 있는 처녀가 있다는 것이었다. 오빠도 아주 성실한 청년인데, 그 처녀도 예의 바르고 건강하고, 아무리 봐도 며느릿감으로는 어디서도 찾기 힘든 사람이 틀림없어 보인다고. 그러니 얼굴이나 한 번 보라고 하시며, 손가락으로 방문에 구멍을 내면서 조금 있다 보면 그 처녀가 빨래하러 앞마당 수돗가에 나올 테니 한 번 보라는 것이었다.

나는 어머니에게 이야기했다. 지금은 장가가는 것이 중요한 게 아니고, 당장 돈도 조금은 벌어야 하고… 지금으론 도저히 장가갈 형편이 안 되니 제가 몇 년 벌어서 형편이 되면 다시 연락하겠다고 정중히 거절을 했다. 그랬더니 어머님 말씀이 할머니나 작은아버지나 누님들이나 매형들에게 다 이야기해 보라고 하신다. 돈은 앞으로 벌면 되는 거고, 또 남자가 혼자는 절대로 돈을 못 모은다, 집안에 숟가락이 두 개가 있어야 돈도 모인다며, 집안의 어른들 누구에게든 물어보라고 강력하게 말씀하시는 거였다. 다시 한 번 이야기하지만, 돈은 앞으로 벌면 되지만 좋은 사람은 그리 많지 않고 이렇게 좋은 사람을 한 번 놓치면 다시 찾기 힘들 테니 꼭 한 번만 보라고 하시는 거였다.

아침 햇살이 비추고 날씨가 좀 따듯해지니 정말로 마당 빨래 터에 아가씨가 빨래를 하러 나왔다. 그 작은 문구멍으론 겨우 앉아서 빨래하는 옆모습만 보이고 얼굴은 볼 수가 없었다. 그렇지만 어머니 말씀처럼 우선 건강해 보였고, 머리를 얼마나 오래 길렀는지 두 갈래로 땋은 머리가 수돗가에 쪼그리고 앉은 엉덩이 밑으로 내려와 땅에 닿았다. 나는 그때까지 머리를 그렇게 길게 기른 여자는 처음 보았다. 다른 건 몰라도 머리 기른 건 유심히 보았는데, 그 모습이 마음 한구석에 남았다.

그러다 보니 어느새 저녁때가 되었는데 가족들이 모일 것 같았다. 나로서는 어머니만 보면 됐지, 의붓동생들이 학교에서 돌아올 거고 의붓아버지도 돌아올 텐데 다른 사람들은 보고 싶지가 않았다. 그러나 어머니에게 차마 그런 표현을 할 수는 없어 저녁 기차로 가야 한다고 우선 얼굴을 보고 가니, 가서 생각해보고 편지를 하겠다고 하고 집을 나섰다. 어머니께서 거푸 말씀하시길, 혼자만 생각하지 말고 누구한테건 상의를 해보란다. 내 형

편은 오히려 빨리 장가를 가는 게 맞다고 하시며, 될 수 있는 한
빨리 결정해서 소식 전하길 바란다고 말씀하셨다. 나는 그렇게
어머니가 점심 한 끼 차려주는 걸 먹고 철암으로 돌아왔다.

상의

　무슨 얘기를 어디서부터 어떻게 해야 하는지 도저히 생각이 나지는 않은데, 빨래터의 아가씨는 자꾸만 눈에 어른거렸다. 그렇다고 얼굴을 자세히 본 것도 아니고 겨우 머리만 길게 땋아서 엉덩이 아래까지 내려왔다는 것 외에는 별로 아는 게 없는데도, 자꾸만 생각이 나는 것이었다. 얼굴을 이렇게 저렇게 그려보다 보니 다시 한 번 보고 싶고, 이번에는 이야기도 해보고 싶어졌다. 서울을 다녀와서 며칠 후, 누님 댁에 저녁을 먹으러 간다는 핑계로 일을 끝내고 누님 집을 찾았다. 마침 매형도 집에 계셨다.

　저녁 식사를 하면서 슬쩍 매형에게 말했다. 서울 남대문 청과 시장에서 같이 일하던 친구가 충청도 사람인데 내가 맘에 드니 여동생을 한 번 만나보겠느냐고 했었다. 내 형편상 거절을 했는데도 하도 여러 번 연락이 와서, 이번에 서울 가는 김에 만나보고 왔다. 더 말할 새도 없이, 누님이 얼른 내 얘기를 받아서는, 고향이 어디고 성씨는 무어며 나이는 몇인지 등등 아주 적극적으로 관심을 가지셨다. 누님에 이어 매형도 서울에서 어머니가 하신 이야기와 똑같은 얘기를 하는 것이었다.

　매형과 누님은 옆에 혼자 사는 동생이 보기 안타까우니까 살

림을 차려주고 싶었을 것으로 나는 생각이 든다. 매형과 누님이
전적으로 관심을 가지고 본격적으로 이야기를 꺼내셨다. 기회
가 되면 빨리 한 번 데리고 오라며, 차마 말을 먼저 못 해서 그렇
지 빨리 장가를 보내고 싶었단다. 물론 할머니나 작은집도 같은
생각을 하고 있을 것이란다. 그렇게 저녁을 마치고 집으로 와서
생각해보니 한 고비는 넘긴 것 같았다.

처남 될
사람

　　그 후로 매형과 누님의 마음에 들도록 더 열심히 일했다. 그러기를 얼마 지나지 않아서 지난번에 오셨던 그분이 또 오셨다. 어머니께서 급히 올라오라고 하셨단다. 편지로 해도 되지만 그러면 내가 올라오지 않을까 염려되어서 직접 사람을 또 보내신 거였다. 꼭 함께 올라오라고 했다면서 함께 가자고 하셨다. 나는 이야기했다. 장가드는 문제라면 아직도 결정을 내리지 못했으며, 집안 어른들과도 이야기해서 결정해야지 내 맘대로 결정할 일이 아니라고 수일 내로 결정이 나면 다시 편지를 드리겠다는 편지를 써서 그분을 올려 보냈다. 며칠 후 바로 편지가 왔다. 만약 일주일 안에 안 올라오면 어머니께서 직접 내려오신단다. 어머니께서 여기에 내려오시는 것만은 막아야 했다. 혹시 누님이 알게 되면 모든 것이 끝이었다. 며칠 후 매형에게 서울 좀 다녀오겠다고 하니, 무엇 때문에 가느냐고 묻지도 않고 다녀오라고 했다.

　　한 번 가보았던 길이라 이번에는 바로 찾아갔다. 벌써 봄 농사 준비로 옆방 아가씨는 시골로 가고 없었다. 어머니께서 저녁에 오빠가 오면 한 번 만나보라고 하셨다. 어머니께서 어릴 적 내 사진을 그 오빠에게 보여 주면서 내가 얼마 전 와서 동생도 몰래

보고 갔다고 이미 귀띔을 하셨단다. 그 오빠도 내가 왔을 때, 나를 손님으로 생각했는데 주인아주머니를 똑같이 닮아서 좀 이상하게 생각했단다. 그때 잠깐 스쳐 갔지만 내 인상이 마음에 드니 한번 만나서 이야기해보고 싶다고 해서 올라오라고 한 거란다. 그러시면서 또 전하길, 자기 집에서는 시골의 부모님이나 형, 형수도 본인 이야기면 거의 다 되는 거나 마찬가지니 일단 보자고 한다는 거였다.

아직은 늦은 겨울이라 그 오빠라는 사람이 퇴근하고 왔을 때는 벌써 날이 어두웠다. 초면이라 어머니 소개로 인사를 나누고, 저녁 식사나 하자고 골목길을 한참을 내려와 문화촌 버스 종점 옆에 있는 중국집에 들어갔다. 서로 어색해서 눈치를 보며 무엇을 먹겠냐고 하다가, 내가 먼저 짜장면에 안주는 탕수육 하나 술은 고량주 한 병을 시켰다. 식사가 나오는 동안 둘이는 서로 궁금한 걸 물어보며 이야기를 나누었는데, 초면이지만 어색하지 않고 친한 친구처럼 금세 가까워졌다. 이야기 도중 안주와 술이 나왔다. 그는 본래 술은 못 한다고 했다. 그러나 오늘은 초면이니 한 잔만 하겠다며 그 독한 고량주를 단숨에 마셨다. 한 잔을 마시니 얼굴부터 온몸이 새빨개졌다. 나는 그래도 한 병을 더 달라고 했고, 우리는 술을 마시며 많은 이야기를 나누었다.

그는 우리 어머니께 들어서 나에 대한 이야기는 어느 정도 안다고 했다. 그러나 지금도 양심에 걸리는 게(지금도 처남은 모르는 눈치인데) 있다. 내가 고등학교가 아니고 중학교를 나왔다는 것과 당시 철도공무원이 아니었고 역전에서 대한통운 노동자였다는 것이다. 그리고 또 한 가지는 그때 이후 바로 알게 될 일이었지만, 군에 안 간다고 했는데 결혼 일 년도 안 돼서 군에 간 것이다. 나이가 칠십이 넘은 지금 생각해봐도 너무 큰 죄를 지었다. 그것 때문에라도 마누라가 하라는 대로 죽으라면 죽는 척이라도 해야 하는데, 나는 지금까지도 그놈의 성질을 못 버리고 큰소리치고 싸운다. 하여튼, 많은 이야기를 나누고서도 집으로 올라가는 길이 또 한참이라 가면서도 우리는 이야기를 나눴다. 그 오빠가 하는 말이, 자기 쪽은 자기가 책임질 테니 걱정하지 말고, 내 일만 잘되도록 하라고 했다. 나는 내일이면 새벽에 내려가니 서로 못 보더라도 잘 지내자고 하며, 주소를 주고받고 편지를 하기로 했다. 그리고 한 울타리 안에서 헤어져 따로 다른 방으로

갈라졌다. 지금 생각해보면 그때도 의붓아버지나 동생들은 안
보고, 어머니만 만났던 것 같다.

어두운 저녁 어머니와 마주 앉아 그와 한 이야기를 말씀드리
고 바로 수유리 할머니가 계시는 작은집으로 갔다. 한밤중에 들
어가니 모두 다 놀랐다. 옆 거실 방에서는 밤새워 미싱 소리가
났다. 그래도 내가 왔다고 하니, 숙이와 자야 두 누나들은 일을
멈추고 나오셔서 반갑게 맞아주셨다. 다음 날 할머니와 작은아
버지 내외분이 모두 계시는 자리에서 내 결혼 문제를 얘기했다.
물론, 철암의 작은누님과 매형은 찬성하셨고 큰누님은 아직 연
락을 못 했다고 이야기했다. 할머니는 내가 당장 내일 장가가는
것처럼 반가워하셨다. 작은아버지 내외분도 전적으로 찬성이었
다. 그렇게 허락을 받고 여자 쪽과 잘 진행되는 대로 수시로 연
락(편지)하기로 하고, 점심을 먹고는 철암으로 출발했다.

헛걸음

시간은 흘러 이른 봄날이 왔다. 서울의 오빠(아직은 처남이
아니니, 우선 여기서는 '오빠'라 부른다)한테서도 편지가 왔다.
시골 부모님께서 나를 한번 보고 싶다고 하시니 시간을 내어 시
골집에 부모님을 뵈러 가자는 편지였다. 오빠의 편지를 받고 나
니 더욱 궁금해지고 보고 싶어졌다. 그 무렵에 어머니에게서도
편지가 왔다. 어떻게 하든 이런 상대는 다시 못 찾을 테니 꼭 놓
치지 말고 성사되도록 노력하라는 편지였다. 나는 편지를 썼다.
오빠가 날을 잡아서 정해진 날 원주역에서 만나 가기로 했다. 나
는 철암에서 저녁 9시 청량리행 급행열차를 타면 새벽 2~3시에
원주역에 도착하는 기차로 가기로 했다. 오빠는 아침 6시쯤 도
착하는 기차로 내려오기로 했다. 예정대로 우리는 원주역에서
만나 서로 반갑게 인사를 나눴다. 아침 식사를 하고, 원주에서 귀
래까지 가는 시내버스를 함께 탔다.

  귀래에서 약 30리 길을 걸어서 가는데, 그날따라 봄비가 장맛
비처럼 왔다. 비닐우산을 하나씩 사서 썼지만, 옷은 다 젖어 완전
히 비에 젖은 병아리 모양이었다. 그래도 젊으니까 또 나는 여자
친구를 보러 가는 길이라 하나도 힘들다거나 지루하지 않게 걸

었다.

오빠가 이제 거의 다 왔다고, 앞에 보이는 고개만 넘으면 된다고 하는데 지금 그 고갯마을 이름은 생각나지 않는다. 거기서 넓이 4~5미터쯤 돼 보이는 또랑이 흐르는데, 이 또랑을 건너면 충청북도란다. 거기서 한 1킬로미터를 내려가면 남한강이고, 그 남한강 건너는 경기도 장호원읍이란다. 오빠는 자기가 어릴 적만 해도 저 산을 넘어 강원도 원성군 부론면 에 있는 국민학교에 다녔는데, 지금은 도가 다르다고 거리가 2십 리는 되는 소태면 소재지에 있는 학교에 다닌다고 했다. 그런데 또 문제가 생겼다. 비가 너무 많이 와서 물이 불어 또랑을 건널 수가 없었다. 벗었던 옷을 다시 입고, 둘이 손을 꼭 잡고 건너기로 했다. 만약 손을 놓치면 큰일이다. 그래도 우리 둘은 용기를 내어 물에 들어섰다. 옷이 다 젖어서 그렇지, 물살은 그리 세지 않아 건널 만했다. 그렇게 무사히 고비를 넘겼다.

고개를 넘어 집에 도착하니 점심도 못 먹었는데 벌써 저녁때가 되었다. 우여곡절 끝에 집에는 왔는데 진짜 큰 문제는 따로 있었다. 오빠는 가족 중에 아무 옷이나 입어도 되지만 덩치가 큰 나는 온 동네 어느 사람 옷도 도저히 입을 수가 없었다. 하는 수 없이 오빠가 이불을 가지고 사랑방으로 들어와서 팬티째 속옷을 모두 벗겨가고, 나는 그 더운 날 밤새도록 알몸으로 혼자 보내야 했다. 아침 일찍 오빠가 내 속옷과 겉옷을 가지고 들어왔다. 선보러 온 놈이 초면에 오자마자 빨가벗고 속옷째로 빨아달랬으니, 나는 미안해서 몸 둘 바를 몰라 했다. 내 생각으론 지금처럼 세탁기가 있는 것도 아니니 손빨래로 빨고 아궁이에 불을 때 밤새 말려서 새벽에 가지고 온 것이었다. 그렇게 아침이 와서 밥상이 들어왔는데, 남자들이 네 명이고 어머님이 내 옆에 앉으셨다. 어제 오느라 고생이 많았다며, 더구나 간밤에 잠자리도 불편했을 텐데 하며 미안해하셨다. 그러고는 반찬을 이것저것 챙겨주며 건건이가 시원찮더라도 많이 먹으라고 하셨다. 나는 그 얘기를 듣는 순간 반찬을 여기서는 건건이라고 하는구나 하고 생각했다.

그렇게 아침은 먹었는데 정작 보아야 할 여자친구는 만나지 못하고 가끔 앞마당에 지나다니는 옆모습만 잠깐잠깐 볼 수 있었다. 그때도 뒷머리를 길게 땋아 엉덩이 아래까지 흔들리는 것

외에는 자세히 볼 수가 없었다. 오빠와는 그래도 구면이라 동생과 이야기를 할 시간을 좀 달라고 부탁할 수도 있었지만, 차마 용기를 못 내고 눈치만 보고 있었다. 내 속을 모르는 어머님은 계속 내 옆을 지키며 불편한 게 있으면 편하게 말하라고 하셨다. 그래도 나는 여자친구의 얼굴을 보고 싶고 이야기도 하고 싶다는 말을 차마 못 하고 시간만 아깝게 흘러갔다. 점심만 먹으면 떠나야 하는데 조급하고 답답했다. 어머님이 하시는 걸 보면 나를 싫어하는 것 같지는 않았는데, 누구한테 조언이라도 들은 게 있으면 좋으련만, 정말로 마음만 답답했다. 그나마 부탁해볼 만한 오빠는 아침밥을 먹은 후론 집에서 보이질 않았다.

얼마 후 점심도 아침과 똑같이 다섯이 한 방 한 상에서 먹었다. 식사 때 또 어머님이 내게 하시는 걸로 보면 합격인 건 틀림없는데, 여자친구를 확실하게 보여주지 않는 이유를 나는 이해할 수가 없었다.

점심을 먹고 나니 건넌방에서 오빠와 여동생의 대화가 아주 작게 들렸다. 오빠는 건너편 작은 방으로 나를 들어오게 할 테니 만나보라고 하는데, 여자친구는 밖으로 도망가려고만 했다. 하는 수 없이 어머님까지 합세해서, 어제 그 비를 맞으며 여기까지 왔는데 이래서는 안 된다고 모두 나와서 사정을 하는 거였다. 하지만 결국은 어머님께서 내가 있는 방으로 들어와 웃으시며 하는 말씀이, 솔직히 싫지는 않은데 부끄러워 앞에 못 오겠다고 하니 얼마 후 자네가 시간을 내서 한 번 더 오라고 하시는 거였다. 장가드는 것이 그리 쉽지 않으니 어렵더라도 한 번만 더 오면 그때는 다를 것이라고 하셨다. 나는 하는 수 없이 얼굴도 제대로 한 번 보지 못하고 말도 한마디 못 해보고, 서울 오빠와 함께 왔던 길을 되돌아와야 했다. 우리는 원주에서 헤어졌고 나는 철암으로 돌아왔다.

첫 만남

며칠 지나서 서울 오빠에게서 편지가 왔다. 지난번 집에 갔을
때 동생과 이야기 한 번 못 한 건 동생 잘못이 크지만 조금만 이
해하라고 하셨다. 처음이라 너무 수줍고 당황해서 그런 거니 가
능하면 하루라도 빨리 시간을 내어 충주 집에 다시 가보란다. 하
지만 나는 다시 간다는 게 더구나 혼자 간다는 게 도무지 용기가
나지 않았다.

그 사이 큰누님한테서도 격려 편지가 오고 작은집과 여기 작
은누님도 툭하면 준비 상황을 물어보곤 했다. 여자친구 집은 충
북인데 원주가 더 가깝고, 부모님은 두 분 다 계시고 농사를 지
으시며, 오빠 셋에 남동생 하나 해서 4남 1녀라는 것과 바로 위에
오빠가 서울에서 알게 된 친구인데 나이는 나보다 한 살 아래라
는 것, 지난번에 서울 오빠와 함께 여자친구 집에 다녀왔는데 아
주 극진한 대접을 받았다는 것까지 그간의 모든 이야기를 다했
다. 우리 쪽에서는 아직은 결혼에 대해서 별다른 준비가 없었다.
그러던 어느 날 어머니에게서 편지가 왔다. 옆방 총각이 빨리 한
번 가보라고 했다는데, 마음에 결정이 안 됐으면 몰라도 기왕에
결정이 되었으면 하루라도 빨리 내려가 보란 편지였다. 나는 또

얼마를 생각했지만 도저히 용기가 나지 않는 것이었다.

　차일피일 그러고 있으려니 작은매형이 저녁이나 먹자며 중국집으로 나를 부르셨다. 저녁에 일을 마치고 약속 장소에 가니 매형이 먼저 와 계셨다. 식사를 하면서 매형과 술도 한잔하고 내 결혼에 대해 이야기를 많이 했다. 매형 이야기는 간단했다. 맘에 들면 이것저것 볼 것 없이 남자답게 밀어붙이라고 하셨다. 그날 이후 나는 어렵게 용기를 내어 서울 오빠에게 편지를 했다. 이제 날을 잡아서 가려고 하니 시간 좀 내어 함께 가길 부탁했다. 바로 답장이 왔는데, 자기는 같이 가고 싶지만 함께 가면 오히려 방해가 될 것 같고 길도 알고 하니 혼자 가보라는 것이었다. 나는 다시 한 번 용기를 내어 어느 날 방문하겠다고 편지를 하고, 약속한 그날 오전 중에 도착했다.

　집 가까이 산능선을 내려가는데 큰오빠가 길가 밭에서 일을 하고 있었는지 내가 내려오는 걸 보고는 바로 집으로 뛰어가시는 거였다. 아마도 내가 오는 걸 기다리신 것 같았다. 집 대문에 들어서니 큰오빠가 미리 다 알려서 온 집안 가족이, 아버님까지 모두 나와서 반갑게 맞아주었다. 물론 여자친구도 정면으로 서서 고개를 숙여 넙죽 인사를 하는 것이었다. 나는 정말로 기분이 좋은 정도를 넘어서 '이런 걸 황홀하다고 표현하는 걸까' 라는 생각도 해보았다.

도착하던 그날 오후에 단둘이 데이트를 하게 되었다. 어머님이 말씀하시길, 오후에는 둘이서 저 아랫마을 남한강 가에 가서 물 구경도 하고 놀다 오라는 것이었다. 나는 그곳 지리도 교통편도 잘 모를 뿐더러, 또 안다고 해도 불편했다. 그 집은 마을에서 제일 위, 고개 바로 밑에 있는 세 집 중 하나였는데, 약 20분 정도 걸어 내려가니 마을 끝이 바로 남한강이었다. 강 건너는 경기도인데, 이 마을이 옛날에는 3개(강원, 충청, 경기) 도가 한 마을이어서 이장도 한 사람이 했었다고 한다. 그래서 국민학교도 가까운 강원도에 있는 부론국민학교에 다녔다고 한다.

둘이서 처음으로 데이트를 하는데, 손을 잡을 용기가 안 났다. 그래도 망설이다가 손을 잡으려 하니, 마을 한가운데를 계속 내려가야 해서 마을 분들 보기에 창피한지 계속 뿌리치는 것이었다. 남한강 가에 도착할 때까지 손을 못 잡았는데, 강가에 가서 사진도 찍고 보는 사람도 없으니 그때서야 우리는 손도 잡고 이야기도 꽤 많이 한 것 같다.

나는 너무 좋아 해가 지는 줄도 몰랐다. 그곳에는 식당이나 찻집 같은 게 없어서 물도 한잔 못 마시고 한나절을 보냈는데도 시간 가는 줄 몰랐고 너무너무 좋았다. 그렇게 잡아보고 싶던 손도 마음 놓고 잡아봤다. 지금처럼 집에 전기도 없었을 뿐만 아니라 가로등도 없어서 어두운 마을 길을 걸어 느지막하게 집에 돌아왔다. 늦게 돌아왔어도 크게 야단은 안 치고 잘 놀다 왔느냐고 반가워하셨다. 저녁이 되니 지난번 처음 와서 벌거벗고 혼자 밤을 보낸 그 방에다 잠자리를 해놓았다.

지난번에 했어야 했던 이야긴데, 서울 오빠와 약속하기를 술은 입에도 못 댄다고 부모님께 이야기했으니 절대 술은 못 먹는다고 하기로 해서 술 이야기는 꺼내지도 않았다. 장인어른이 술을 잡수시면 마신 술이 다 깰 때까지 밤새도록 말씀을 하시니, 아들 사형제는 모두 술을 안 먹는단다. 그렇게 또 하루 저녁을 보내고, 다음에 올 때는 편지를 하면 원주역까지 나와달라고 부탁했다. 그렇게 한다는 약속도 받고 즐거운 마음으로 돌아왔다.

짧은 연애

그 후 서울에서 작은아버지가 올라오라고 해서 올라가니, 어차피 마음먹었으면 올해를 넘기지 말고 결혼을 하라고 하셨다. 그래서 양가 상견례를 청량리 어느 조그마한 식당에서 간단하고 조촐하게 치렀다. 처가에서 장인, 장모님, 서울 처남, 우리 쪽에서는 작은아버지, 수유리 작은어머니, 작은누님 내외분 그리고 우리 두 사람 이렇게 양가 모두 해서 아홉 사람이 모여 점심식사로 약혼식을 대신했다. 서울 처남에게 문화촌 어머니 이야기는 절대 안 하기로 사전에 이야기가 다 됐다. 누님과 매형은 내 살림집 얻는 것을 책임지고, 작은아버지는 결혼식을 책임지기로 분담했다. 결혼 준비는 돈은 없었어도 순리대로 잘 진행되어 가고 있었다. 결혼식은 12월 14일 수유리 작은집 거실(마루)에서 올리고, 주례는 작은아버지 친구분께서 해주시기로 했다. 서울 처남을 만나러 서울에 올라온 김에 문화촌 어머니 댁에 들러 결혼 준비 과정을 말씀드렸다. 어머니가 원하는 며느리를 택했으니 결혼식에 참석 못 하는 것은 이해하시라고 말씀드리고, 서울 처남에게도 다 이야기했다. 물론 식장이나 날짜도 서울 처남에게 이야기하고 청첩장도 내가 찍었다. 모든 것이 순조롭게 잘 진행이 되어가니, 여자친구도 보고 싶어 지난번 약속한 대로 편지를 했다.

날짜를 정해 원주역에서 만나자고 편지를 하고 약속대로 저녁 6시쯤 원주역에 도착하는 급행열차를 탔다. 당시에는 묵호에서 청량리역까지 열차가 그것도 급행이 하루에 왕복 두 번밖에 없었고, 더욱이 버스는 있지도 않았다. 그래서 급행열차를 탔는데, 그때는 급행도 한두 시간 연착은 수시로 있을 때였고 그날따라 2시간은 늦게 연착한 것 같다. 가을이라 해는 짧아져서 저녁 6시면 해가 지는데, 기차가 연착하니 나는 걱정이 이만저만이 아니었다. 밤은 점점 어두워지고 날씨도 서늘하니 기다리면서 얼마나 걱정할지 점점 더 조급해졌다. 그렇게 답답한 시간이 흐르고 캄캄한 밤이 되어서야 원주역에 도착할 수 있었다. 도착하자마자 나는 사정없이 뛰어 개찰구를 빠져나왔다. 대합실을 둘러보니 사람도 그리 많지 않은데 여자친구가 보이질 않았다.

그때 누군가가 와락 품에 안기는 것이었다. 깜짝 놀라며 안고 보니 그녀였다. 열차는 연착해서 날은 점점 어두워지는데, 기다리는 사람은 정말로 오는지 안 오는지 알 수도 없고, 얼마나 긴장하고 또 긴장하면서 기다렸으면 다른 사람 눈치도 볼 것 없이 와락 품에 안겨 눈물을 흘렸을까. 나도 한순간 어안이 벙벙하면서도, 이렇게 와주고 기다려주어 얼마나 고맙고 반가운지 할 말을 잃고 한참을 안고 정신없이 서 있었다. 얼마나 시간이 흘렀는지 정신을 차리고 나니, 그 넓은 대합실에 우리 둘뿐이었다. 그때서야 서로 반갑게 인사를 하고 역전 어느 식당에서 저녁 식사를 하고 둘이는 서로 꼭 잡은 손이 떨어질까 힘주어 잡고 원주 시내 밤거리를 무작정 걸었다.

얼마를 걸었을까 눈앞에 극장이 보였다. 내가 영화 구경이나 하자고 극장 쪽으로 가려고 하니, 그녀는 빨리 터미널에 가서 버스를 타고 집에 가야 한다고, 오늘 집에 안 들어가면 쫓겨난다고 했다. 어디서 그런 용기가 났는지, 내가 말했다. 벌써 버스도 끊긴 지 오래됐으니 영화 구경하고 내일 집에 가서 야단맞는 것은 내가 책임지겠다. 쫓겨나도 이제는 내가 책임질 테니 걱정 말아라. 그렇게 달래서 결국 극장에 들어가 오랜만에 영화를 재미있게 보았다. 지금은 그 영화 제목이나 내용이 전혀 생각나지 않는다. 어쨌든 영화를 재미있게 보고 나와서, 어느 여관을 들어가려고 하는데 그녀가 안 들어가겠다고 뿌리치는 것이었다. 그럼 방을 두 개 얻겠다고 하니 오히려 혼자서 방을 쓰는 게 더 무섭단다. 결국 한 방에 같이 들어가서 아래위에서 따로 자기로 하고서 여관에 들어가게 됐다.

다음 날 아침 일찍 일어나서 문막까지 가는 시내버스를 탔다. 문막에 도착해서 아침을 먹고, 다시 30리 길을 부지런히 걸었다. 오전 중에 집에 도착하니, 어른들께서 야단치고 혼내기는커녕 아주 반가이 맞아주셨다. 이제는 여자친구가 이야기도 잘하고 어머님이나 다른 사람보다 먼저 나를 열심히 챙겨주었다. 그날 저녁에는 옆집이 작은집이라고 하는데 그 작은아버지와도 이야기를 하게 됐다. 옛날에 한학을 공부하신 분이라는데 말씀을 상당히 유식하게 했던 걸로 기억하고 지금도 생각나는 일이 있다. 그분이 나를 보고 성씨가 무어냐고 물었을 때, 나는 마(馬) 씨라고 대답하면서 괜히 기가 죽었다. 근거 없는 속설에 불과하지만, 당시에는 '천방지축마골피'라고 해서 그 성씨들이 상놈 성씨라고 놀림 받곤 했다. 그래서 어린 나는 성씨 이야기만 하면 기가 죽었었다. 나는 어려서 아버지 없이 살았고 또 일찍 객지 생활을 하다 보니 조상에 대해서도 잘 모르고 겨우 안다는 게 본관이 장흥이라는 것만 알고 있었다. 그런데 처삼촌께서 말씀하시길, 중국에서 들어온 다른 마씨는 상놈이라도 장흥 마씨는 우리나라 이씨 조선 개국 공신인 충정공 마천목 장군이 시조이고 그 후손이라는 것이다. 그러면서 훌륭한 조상을 가진 자손이니 긍지를 가지고 살라고 하셨는데, 나는 지금도 그 이야기가 잊혀지지 않는다.

그렇게 겁을 먹고 집에 도착했으나 집안 분위기가 너무 좋은 데다, 옆집 작은아버지란 분이 내 조상의 뿌리도 알려주시니 너무 고맙고 감사할 따름이었다. 그날은 그렇게 지난번 같은 방에서 혼자 자고, 아침에 둘만의 데이트를 허락받았다. 아랫마을 남한강 가에 가서 사진도 찍고, 몇십 리나 되는 소태면 소재지에 가서 점심을 먹었다. 돌아오는 길에 산길을 돌고 돌아 아주 작은 사찰이라 암자 같은 절(나중에 알고 보니 청룡사라는 절이라고 한다. 신라 때 창건한 유명한 절이라서 문화재도 많이 있다는데,

우리나라 중원 지방에서는 알아주는 절이라고 한다)에 들렀는데, 절에서 사진도 찍고 놀면서 하루를 눈 깜짝할 사이에 보내고 해 질 무렵이 되어서야 집에 돌아왔다. 50년이 지났지만 아직 그때 돌아본 곳을 한 번도 다시 못 가봤다.

이제 자고 일어나 아침만 먹으면 헤어져야 했다. 너무 짧고 아쉬웠다. 그래도 여자친구에게 원주까지는 배웅하러 가라고 하겠지 하고 기대를 했는데, 큰처남이 고개 넘어 부론까지만 배웅하고 돌아섰다. 나는 혼자서 귀래까지 걸어갔는데, 그 짧은 만남의 시간 속에서 너무나 즐거웠던 생각만 하다 보니 어느새 귀래에 도착해 있었다. 귀래에서 원주를 거쳐 철암에 돌아와서 바로 편지를 했다. 염려 덕분에 무사히 잘 도착했다고, 또 자주 만나자고. 그렇게 편지가 몇 번 오가고, 서울 오빠에게도 편지가 몇 번 오고 가다 보니 시간이 흘렀고 결혼식을 하게 되었다.

결혼

지금 생각하면 너무 초라해서, 결혼식이 아니라 보통의 생일 잔치도 그보다는 잘 차렸을 것이다. 우리 집 쪽에서는 수유리 작은집 식구와 작은누님 내외분 그리고 고향에서 올라온 친구 한 명, 또 당시 종로3가에서 세탁소를 하시는 먼 친척인데 작은아버지 친구여서 그 댁에서 세 분이 오셨다. 처가 쪽이라야 장인, 장모, 서울 오빠 그리고 월곡동에 사시는 처 작은외삼촌 내외분이 오셨다. 다른 사람은 수유리 작은집에서 일하는 누님들뿐이었다. 식은 간단하게 끝내고 집에서 준비한 음식으로 피로연을 마치고 모두 헤어졌다.

결혼식이 끝나고 그래도 작은아버지 친구분이 당시 박정희 대통령의 사위인 한병기 씨로 모 국영기업 사장으로 계셨는데, 그분이 자가용을 이틀간 빌려주어 우리 신혼부부는 감히 꿈에도 생각지 못할 벤츠 승용차로 2일간 신혼여행을 다녔다. 당시에는 수유삼거리에 검문소가 있었는데 세일극장 앞 삼거리부터는 경기도 양주군이었고, 수유리에서 북악스카이웨이까지는 차로 얼마 걸리지 않았다. 당시 북악스카이웨이는 개통한 지 얼마 되지 않아서 신혼부부들의 필수 여행 코스였다. 우리는 당시에는 감히 보기도 어려운 벤츠 승용차를 타고 정상 팔각정에서 내려 사진을 찍었다. 사진기는 시골에서 올라온 친구 김주성이 월남에서(그는 월남에 처음 파병된 십자성 부대를 나왔다) 사 온 일제 미놀타 카메라였는데, 결혼식을 치른 집에서부터 사진을 많이 찍었다.

그렇게 팔각정에서 재미있게 놀며 사진을 찍고 차에 오르려는데, 총을 든 경비 초병이 친구를 끌고 초소로 가는 것이었다. 한참 후 초소에서 나온 친구는 죽는 인상을 하고 있었는데, 그야말로 막 울기 직전이었다. 내가 얼른 차에서 내려 왜 그러냐고하니, 카메라를 빼앗겼다고 했다. 여기는 군사 보호 지역이고, 얼마 전 김신조 일당의 청와대 습격 사건도 있고 해서, 절대로 사진 촬영은 안 되는 곳이라는데, 우리는 그것을 몰랐다. 친구가 목숨 걸고 일 년간 전쟁터에 가서 벌어온 카메라인데, 신혼여행이고 뭐고 정신이 하나도 없었다. 하는 수 없이 내가 기사분에게자초지종을 이야기하며 무슨 일이 있어도 카메라는 찾아달라고애원을 했다. 그러자 기사분이 한참을 생각하더니 친구와 나를데리고 셋이서 함께 초소로 갔다. 이런저런 사정 이야기를 했지만 초병은 안 된다고 할 뿐이었다. 기사분이 명함을 주면서 윗사람을 불러달라고 했다. 초병이 어딘가 전화를 하고 한참 있으니 장교 소위가 나타났다. 기사분이 다시 명함을 주면서 비상 전화 좀 쓰자고 하자 장교가 어딘가 전화를 걸어서 바꿔 주었다. 몇 마디 하지도 않은 것 같은데, 전화를 끊자 카메라에서 필름을 빼고 친구 가방과 주머니를 모두 뒤져 필름은 새것까지도 모두 빼앗고는 카메라를 돌려주는 것이었다. 우리 둘은 코가 땅에 닿도록 고개 숙여 절을 하고 나왔고 기사님께도 계속 감사하다고 인사를 했다. 결혼식을 가정집 마루에서 치르기도 했지만, 그때 필름을 다 빼앗기는 바람에 우리 부부는 결혼사진이 없다. 그나마 몇 장 있는 것은 수유리 어느 누님이 찍은 흔들린 사진들뿐이다. 그러고 내려와서 광화문을 거처 명동 입구에서 내렸다. 기사님과 친구는 내일 아침 9시에 이 자리에서 만나기로 하고 헤어졌다.

  그때는 지금의 중국을 중공이라고 하고 타이완(대만)을 중국 또는 자유중국이라고 했는데, 바로 명동 입구에 들어서면 우측에 중국대사관이 있었다. 그 바로 옆 건물 여관에서 첫날밤을 보내며 야간 명동 거리도 구경하고, 명동에서 첫날 저녁 식사와 이튿날 아침 식사도 했다. 약속대로 아침 9시에 자동차도 친구도 다 모였다. 기사분이 오늘은 어디로 갈 거냐고 하길래, 우리는 시골 촌놈들이라 서울 지리를 잘 모르니 기사님이 좋은 곳을 아시면 데려다달라고 했다. 수원에 가면 수원화성이 구경할 만하고 사진도 찍기 좋다고 해서 수원화성에 가서 사진도 찍으며 하루를 즐겁게 보냈다. 서울로 돌아와서 친구는 마장동에 내려주고, 우리는 수유리 작은집에서 내렸다. 그때 작은아버지가 기사에게 주라고 봉투에 돈을 넣어준 돈이 지금 액수는 생각이 안 나지만 내 한 달 봉급은 더 된 걸로 생각이 된다.

신고식

우리는 할머니가 계시는 작은집에서 하루를 자고, 다음 날 청
량리역에서 서울 처남을 만나 함께 처갓집에 가기로 했다. 아침
일찍 7시에 청량리역에서 만나, 영주까지 가는 중앙선을 타고
원주에 내려, 문막까지는 시내버스로, 문막에서 부론까지는 택
시로 가서 거기서 또 도랑의 돌다리를 건너고, 산을 넘었다. 장가
들고 정식으로 처갓집에 왔다. 벌써 세 번을 다녀갔지만, 지난번
과는 달리 이번에는 마음이 너무 편하고 부담이 없어 꼭 내 집에
온 것 같았다. 더구나 여자친구에서 마누라로, 사람은 한 사람인
데 이렇게 편할 수가 있을까. 이제는 장모님보다 나를 더 챙겼다.

그날 저녁이 되니 마을 청년들이 하나둘 모여들며 웅성거렸
다. 오늘 저녁은 술도 담배도 많이 준비해야 하고 사위가 맷집이
좋아 보이니 한판 놀아볼 만하다며, 일부러 나를 들으라고 큰소
리를 치고 다녔다. 장모님과 처남들은 아주 죄인처럼 굽신거리
며, 술이며 담배며 달라는 대로 갖다 바쳤다. 세 번씩이나 와서
혼자 자던 방에서 이제는 우리 둘이서 먹으라고 밥상도 따로 차
려주었다. 술도 한잔 생각이 났지만, 처남과 술은 못 먹는 걸로
약속했으니 먹을 방법이 없었다. 하지만 결혼식 날부터 벌써 며

칠째 술을 못 먹으니 너무 힘들었다. 그래도 그때는 어른들만 없으면 방에서도 담배를 피워도 됐기 때문에, 우리 방에 들어와서 가끔 피웠다.

아니나 다를까 저녁을 먹고 나니, 마을 청년들이 아래 큰방으로 모신다며 부르는 것이었다. 내가 보기에 이 정도라면 몇 명이 와도 겁날 게 없어 보였지만, 여기가 처가고 또 오늘이 처음이라 긴장을 안 할 수가 없었다. 나는 어려서부터 객지로 돌아서, 사위가 처갓집에 처음 오는 날 '달아 먹는다'는 이야기는 들어보았지만, 실제로 보지는 못했다. 그런데 막상 눈앞에 닥치니 겁이 나기도 하고, 한편으로는 장인 장모님도 계시고 처남들도 있으니 걱정이 좀 덜 되기도 했다. 하는 수 없이 큰방으로 내려가니, 우선 술부터 한 잔 권하는 것이었다. 나는 아예 술은 먹어보지도 못했고 먹을 줄도 모른다고 딱 잡아뗐다. 그럼 자기들 먹을 술이라도 오늘 저녁 모자라지 않게 넉넉히 준비하란다. 장모님이 나오셔서 아랫목의 술 단지를 열어 보이며, 걱정하지 말라고 하셨다. 이번에는 담배를 한 대 피우라며 신문지로 담배를 말았는데(그때는 이곳이 담배 농사를 많이 할 때였다), 거짓말이 아니고 가래

떡 크기만 하게 말아서 불은 관솔가지에 붙여 준비하고는 한 대 피우라고 하는 것이었다. 이를 보던 장모님이 담배를 한 보루 내놓으셨다. 그래도 청년들은 신문지에 말은 담배를 내 입에 갖다 대고 불을 붙였다. 이번에는 새신부가 또 한 보루를 가지고 왔다.

그러자 내 옆에 양쪽으로 두 명씩 앉아 있던 청년들이 나를 뒤로 밀어 눕히더니, 담배 한 보루로 남의 동네 처녀를 데려가려 하느냐며 피나무 껍질로 만든 지게 동바(밧줄)로 내 오른쪽 발목을 홀쳐매고 안방 대들보에 걸어서는 몇 명이 일제히 당기는 것이었다. 순간적으로 거꾸로 매달리는데 발목이 부러지는 것처럼 아프고 살갗이 벗겨지는 것 같았다. 내가 순간적으로 힘을 써 거꾸로 매달린 몸을 바로 세우며 발목의 밧줄을 비트니, 밧줄이 딱 끊어지면서 방바닥에 내동댕이쳐졌는데 누구 한 사람 옆에 오지 않았다. 혼자 일어나 앉아 보니 발목은 다 벗겨졌고 팅팅 부어 있었다. 아픈 것보다 그런 내 발목을 눈으로 보고나니 순간적으로 화가 나서 일어섰는데, 발목이 아파 잘 걸을 수가 없었다. 방안을 돌아보니 마을 청년들은 두 사람만 보이고 다 어디론가 가버렸다. 나는 너무 화가 나서, 나 혼자 갈 터이니 내일이라도 오고 싶으면 오라고 하고 그만 집을 나섰는데, 전기가 없으니 집 안팎이 완전 암흑세계였다. 그래도 남자가 큰소리치고 나왔는데, 누가 손이라도 잡고 들어오란 사람 하나 없으니 차마 돌아설 수도 없는 노릇이었다. 어두워도 아랫마을 남한강 가에는 자동차도 다니니 거기까지만 걸어가면 될 거 같아 걷기로 했다. 그런데 집 앞에서 한 백 미터 가면 방축 연못이 있는데 거기쯤 가니 청년들이 양쪽에서 가마니를 따개서 들것을 만들어 온 것이었다. 거기에 나를 태우고 앞뒤에 두 명씩 네 명이서 나를 다시 집으로 데려왔다.

겁먹은 졸장부 몇 명은 가고 집에 남은 청년들은, 나를 들고 온 네 명 외에 또 한 명이 있었으니 모두 다섯 명에 나까지 여섯 명이었다. 어른들과 처남들은 이상하게도 전혀 관여를 하지 않았다. 가운데 상을 치우고 그 자리에 다섯 명이 나를 둘러앉고는 5대 1로 저 아랫목에 있는 술을 다 먹자고 제의를 하는 것이었다. 그때서야 어디선가 나타난 장모님이, 술도 못 먹는 우리 사위 잡는다며 안 된다고 야단이었다. 그래도 우리는 시작했다. 그나마 서울 처남은 내가 술을 좋아하는 줄 아니 다행이었다. 술 한 독을 다 마시고 나니 마을 청년들이 떠나가며 하는 말이, 이 집 하나밖에 없는 사위가 정말 힘도 좋고 멋있다는 거였다. 마을 청년들이 다 가고 나서 장모님이 들어오셔서 하시는 말씀이, 남자가 술도 그렇게 멋지게 먹을 줄 알아야 한다며 치켜세우는 것이었다.

그렇게 푸닥거리를 하고, 마침내 새신부와 한방에서 자게 되었다. 그런데 한밤중에 느낌이 이상해서 눈을 떴는데 장모님이 우리 둘이 꼭 끌어안고 자는 걸 물끄러미 쳐다보고 계신 게 아닌가. 내가 눈을 뜨니 옆에 타다 놓은 꿀물 한 사발을 얼른 집어주시며, 딸이 잠에서 깨지 않도록 살짝 꿀물을 마시라고 하셨다. 나는 지금까지 살면서 그렇게 달고 맛있는 음료는 먹어보지 못했다. 그러시고는 잘 자라고 하시며 조용히 방을 나가셨다.

다음 날 아침 일찍 서울 처남은 충주에 볼일이 있어 올라가야 한다며 먼저 나가고, 우리는 원주역에서 밤 12시쯤 있는 급행열차를 타려고 오후 늦게 집을 떠났다. 장인어른께서 가방을 지게에 지고 고개 넘어 부론까지 따라오셔서 마지막 부탁이라며 딸에게 당부의 말씀을 하셨다. 나는 지금도 그때를 생각하면 죄송하고 눈물이 난다. 이제 가면 집이나 친정 가족은 생각하지도 말고 마씨 집안 귀신이 되어야 한다고 하시면서, 눈물을 닦으시던 모습이 지금도 눈을 감으면 훤히 보인다. 그렇게 헤어져 우리는 원주역에서 야간열차를 탔다. 캄캄한 밤중에 영동선을 타고 끝도 없는 산골짝을 달려가는데, 옆에 있는 새신부가 잠이 올 리 없으니 계속해서 울기만 했다. 나 또한 무어라고 말로 위로할 순 없고 그저 손만 꼭 잡았는데, 새신부는 나보다 손에 힘을 더 주는 것이었다.

신혼과
잉태

그렇게 새벽에 철암에 내리니, 보이는 건 모두 새카맸다. 셋방이라고 얻은 방은 초라하기 그지없었다. 방문이 작아서, 장인어른께서 삼 년을 키운 소를 딸 시집가는 데 준다고 팔아서 사주신 장롱을 주인과 상의해서 문을 뜯고 방에 넣었다는데, 그래도 장롱에 상처가 났다. 새신부가 여기까지 와서 보니 정말 한심하고 또 후회되었을 것이다. 그날 아침은 누님이 집으로 오라고 해서 누님 집에서 먹었다. 누님께서 가정부 순자를 부르더니 새신부 즉, 올케에게 이야기를 하는 것이었다. 여기도 사람 사는 곳이니 살다 보면 정이 들고 또 어렵고 힘들고 도움이 필요하면 언제라도 순자에게 부탁하고 상의하라고. 또 순자에게는 외숙모가 부탁하면 무조건 도와주라고. 그리고 셋이나 되는 조카딸들도 외숙모가 생겼다고 학교만 갔다 오면 한 번씩 다녀가곤 했다.

그런대로 적응해가던 중 집사람이 밥은 고사하고 물도 못 먹고, 물 한 방울만 먹으면 먹는 즉시 다 토하는 것이었다. 누님에게 이야기하기도 어려워 처갓집에 편지를 써서 사정 이야기를 했다. 장모님께서 답장하기를, 허허 하시면서 아는 병이니 너무 걱정하지 말고 나더러 책임지라고 하셨다. 나는 바로 편지를 또 했다. 사람이 안 먹는 것도 하루 이틀이지 벌써 열흘이 넘었으니, 이러다간 사람이 살 수가 없을 것 같다. 다시 답장이 왔는데, 좀 있으면 봄 농사가 마무리되니 금방 갈 터이니 너무 걱정 말라는 내용이었다. 내 생각으론 도저히 이해가 안 되었다. 어쩌면 내가 일을 나가면 혼자 먹는 걸까 생각도 해보았지만 절대로 그럴 사람이 아니었다. 그래서 병원에 가보자고 해도 어머니가 좀 있으면 오신다고 했으니 좀 더 기다려보자고만 하는 것이었다. 어머니가 아는 병이라 괜찮다고 편지가 왔으니 좀 더 기다려보자며 병원에는 안 가겠다고 했다. 나는 일을 하러 나가도 집사람 걱정에 힘들고, 어려운 일을 할 수가 없었다. 그렇다고 엊그제 장가든 젊은 놈이 마누라 걱정이나 한다고 흉볼까 봐 동료들에게도 말을 못 하고, 진짜 너무 힘들게 시간을 보내고 있었다.

그러던 중에 누님 집 가정부 순자가 이 이야기를 누님께 전했는데, 누님이 어느 저녁 집에 오셔서는 나를 크게 야단치시는 거였다. 바로 몇 발짝 건너에 누나가 있는데, 이렇게 고생하는 걸 알리지도 않고 힘들게 했냐며 무척이나 크게 혼을 내셨다. 누님께 야단은 맞았어도 그래도 조금 마음이 놓였다. 이제 누님이 아셨으니 병원을 가든 누님이 무슨 방법으로라도 밥이 아니면 죽이라도 먹이겠지 생각하니 그렇게 편할 수가 없었다. 누님 말씀이, 임신해서 그러는 것이니 너무 걱정은 안 해도 되는데, 좀 심하게 한다고 하셨다. 이렇게 심하게 입덧을 하는 데는 친정에 가는 게 제일이고, 다음은 친정어머니가 오셔서 함께 있어주는 게 최고 명약이라고 하셨다. 어쨌든 이제는 원인도 알았고, 지난번 장모님 편지에 아는 병이고 내가 원인 제공을 했으니 나보고 책임지라고 하신 말씀도 이해가 되었다. 그러고 나서 누님 집 순자가 매일 함께 보내며 도와주니 한결 좋아졌다.

그러다 장모님이 오셨다. 그때 철암은 광산촌 사람들 말로 '이곳은 마누라 없인 살아도 장화 없인 못 산다'고 할 정도로 길바닥이나 어디나 모두 석탄 가루로 새까맸다. 장모님 오십 평생에 이런 곳은 처음 보셨고, 내 딸이 이런 곳에 그것도 판잣집에 세 들어 사는데, 게다가 어렵고 힘들게 장만해준 장롱이 집 안으로 들어오다 여기저기 망가진 것을 보셨으니, 말씀은 안 하셨어도 얼마나 마음고생을 하셨을까 지금도 생각하면 죄송하고 부끄럽다.

그러던 어느 날 작은아버지께서 누님 집으로 전화를 하셨는데, 올해는 장가도 들었으니 집사람과 둘이서 고향 할아버지 산소에 추석 성묘를 다녀오라는 것이었다. 그러고 보니 고향을 떠나 할아버지 산소에 성묘한 지도 몇 년이 지난 터였다. 작은아버지께 집사람은 갈 수 없는 사정을 말씀드리니, 성묘도 중요하지만 우리 집안에 큰 경사가 났다며 아주 좋아하셨다. 그래서 거리가 멀어 당일로 가고 오는 것도 아니니 나 혼자 다녀오기로 약속하고 전화를 끊었다.

5

군대 이야기

입대 영장

얼마 후 추석이 되었다. 고향 양양을 떠난 지 삼 년이 넘었다. 고향이라고 와봐야 일가친척은 이웃 마을에 5촌 백부 내외분과 우리 마을에는 7촌 당숙 한 집 백부 한 집뿐이었으나, 집안 어른들은 나를 친조카처럼 대해주셨다. 어려서 객지로 나가기 전에도 그랬다. 나는 오랜만에 할아버지 산소에 성묘를 했다. 그때도 이 산에는 송이버섯이 많이 나고 송잇값도 좋아서 산소 관리는 다행히 걱정이 없었다. 증조부모와 큰할아버지 내외 등 산소가 9기가 있었는데, 이 산소들 벌초와 관리를 다 맡기고도 쌀을 두 가마니씩 받았다. 성묘를 하고 마을에 내려오니, 우체국에 있는 친구가 마정하가 왔다고 온 동네 친구들을 다 모이게 했다. 고향 시골 우체국은 별정 우체국 즉 개인 사립 우체국인데, 아주 가까이 지내던 친구가 우체국장님 아들이어서 차석으로 우체국을 총관리하고 있었다. 그때만 해도 여기는 속초 양양에서 술 먹고 영화관이나 다마장(당구장)에 당구를 치려고 몰려드는 곳이었다.

친구들과 오랜만에 술도 무척이나 많이 먹고, 5촌 백부님 집에 가서 자고, 다음 날 떠나려고 우체국에 친구를 만나러 갔는데,

친구가 걱정을 했다. 자기는 벌써 군대에 갔다 왔는데 너는 이 나이에 장가도 들어서 혼자가 아닌데 하면서, 영장을 내놓는 것이었다. 사실은 진즉에 영장이 나왔지만, 주소를 몰라 배달이 안 된다고 하고 자기가 보관하고 있었다고 했다. 나처럼 나이가 많은 사람들은 제이 국민역이라고 해서 방위병이나 공장산업단지에 병역 대체 요원으로 투입되었는데, 그 무렵 정부에서 병역 기피자 일제 단속이 있어 나는 현역병으로 걸려들었다. 하는 수 없이 영장을 가지고 집에 왔는데, 장모님과 집사람에게도 누님이나 매형에게도 이야기를 차마 하지 못했다. 혼자 끙끙 앓으며 고민만 하다가 어느 때는 달려오는 열차에 뛰어들고 싶기도 했다.

그때 마침 얼마 전에 동생이 제대를 하고 철암에 와 있었다. 우리나라 탄광 중에 제일 큰 대한석탄공사는 국영 기업이고, 민영 탄광으로 첫 번째인 강원탄광도 여기 철암에 있었다. 강원탄광에는 기술 훈련소가 있는데 중학교나 고등학교를 나와 진학을 못 하는 학생들에게 일 년간 기술 교육을 시켜주고 각종 기술 자격증을 취득하게 한 다음 일선 작업장에 취직을 시켜주었다. 동생은 군을 제대한 상태였지만 매형께서 힘을 쓰셔서 어린 학생들과 함께 교육을 받고 있었다. 그런 동생에게는 미안해서 자세한 이야기도 못 했다. 어쩔 수 없이 한 삼 일을 남겨놓고 누님과 매형한테 먼저 이야기를 했다. 될 수 있는 한 논산훈련소에서 돌아올 수 있도록 최대한 노력할 테니, 그때까지 집사람을 잘 부탁한다고 했다. 그리고 입대하는 날 집사람에게는 서울에 한 열흘 출장을 다녀온다고 하고 집을 나섰다.

집결지인 강릉에서 저녁에 출발하니 철암역을 한밤중에 지나가는데, 내가 지금 군용 열차를 타고 논산으로 가는 줄도 모르고 임신한 집사람이 잠을 자고 있을 집을 내려다보니 정말로 열차에서 뛰어 내리고만 싶었다. 만약 그때 내가 열차에서 뛰어내렸다면, 지금 나는 살아 있을지, 살아 있다면 어떻게 살고 있을까 또 집사람은 어떻게 됐을까, 생각만 해도 몸서리쳐진다.

훈련소

그렇게 날이 밝아 군용 열차는 논산 연무대역에 도착했다. 나
는 6주 동안 교육을 받아야 했다. 그때는 그 유명한 주월 한국군
사령관 채명신 장군이 훈련소장을 할 때라, 훈련소에서는 부정
부패 부조리가 전혀 없을 때였다. 가령 훈련병이 입대할 때 가지
고 온 돈이 있으면 무조건 통장을 만들어 돈을 통장에 넣어놓았
다가 졸업할 때 통장을 돌려주어, 훈련소에서는 현찰은 누구도
단돈 십 원 한 푼도 쓰지도 보지도 못하게 했다. 출장을 간다고
했는데, 군에서 소포로 보낸 내 옷이 집에 도착했을 때는 집사람
이 홑몸도 아니고 얼마나 황당했을까. 지금도 부부싸움을 하다
가도 드는 생각이, 내가 지은 죄가 있는데 이러면 안 되지, 하면
서도 고놈에 급한 성질 때문에 늘 집사람을 서럽고 눈물 나게 한
다.

아무리 죄를 지었다고는 해도 편지는 한두 번 오갔다. 그러던
어느 날 갑자기 중대장님이 부르셨다. 5주차 가장 힘든 각개전투
훈련 중이었다. 중대장님께서 점심시간에 전 중대원 앞에서 우
리 중대에 오늘 아주 즐겁고 축하해야 할 일이 생겼다며, 마정하
는 앞으로 나오라고 하셨다. 나는 힘든 훈련과 배고픔에 집 생각

도 까마득히 잊고 있었는데, 중대장님께서 아들을 낳았다는 전보가 왔다고 하셨다. 전 중대원에게 축하의 박수를 보내라고 하시며, 취사반장을 불러 오늘부터 취사반에 데려가 일은 시키지 말고 밥은 먹고 싶은 대로 충분히 주라는 거였다. 나에게는 각개 전투 훈련이 끝날 때까지, 여기 훈련장에 오면 오는 즉시 취사반으로 가서 쉬도록 하란다.

이 일보다 앞서, 논산 훈련소 23연대에 배속되어 중대 소대 배치를 받고 한 삼일 정도 지났을 때 일이다. 저녁을 먹고 나니 내무반장이 나를 불렀다. 나를 어딘가로 데리고 가는데, 중대본부였다. 내무반장이 앞서 들어가서 큰소리로 경례를 했다. 나는 뒤를 따라 들어섰는데, 얼룩무늬 제대복을 입은 군인이 와락 끌어안았다. 고향 마을 친구이자 국민학교 중학교를 같이 다니고 또 외고종 육촌 형제인 장철상이었다. 나는 이번 주 금요일 제대를 하는데 너는 장가도 간 사람이 왜 이제 군에 왔냐며 깜짝 놀라는 것이었다. 둘이서 이런저런 이야기를 하면서, 내가 다만 일주일이라도 더 있으면 이것저것 도와줄 텐데 내일모레 나가니 도와줄 방법은 없고, 배고프면 쓰라고 하며 터질 정도로 속이 불룩한

누런 편지 봉투를 두 개 건네주는 것이었다. 그리고 몇 년 후 제대해서 고향에서 보자 하고 우리는 헤어졌다.

나는 그게 무엇인지 확인도 하지 않고 내무반으로 돌아왔는데, 내무반장이 내용물이 무엇인지 보자고 했다. 열어보니 두 봉투 모두 우표가 가득 찼다. 우표 한 장을 몇 번을 붙였는지 한 장 두께가 화투장 두께만치 두꺼웠다. 훈련병들 편지에서 우표를 뜯으면 찢어지니까 면도칼로 오려서 얻은 걸 다섯 번은 붙인 것 같았다. 그 후로 훈련이 끝나면 꼭 내무반장이 우표를 다섯 장씩 가져가 빵 세 개와 막걸리 한 병을 가지고 와서 내무반장실에서 먹었다. 그 덕분에 다른 친구들보다는 배고픔이 덜했다. 그때는 훈련 중 논에서 논물 안 먹은 사람이 없고 취사반 짬밥 통을 뒤져서 콩나물 대가리 건져 먹지 않은 사람은 없을 거다. 물론 나도 논물에 짬밥 통 다 뒤져 먹었다. 그렇게 일주일이 가고 나니 훈련소도 일주일만 지나면 졸업해서 자대로 간다는 희망이 보이고 남은 훈련도 좀 가볍게 느껴졌다.

출산

그동안 편지로 집사람이 전해온 소식은 이랬다. 해가 지고 어두워지는데, 산모에게 갑자기 진통이 와서 병원을 가야 했다. 지금은 큰 차도 들어가지만 그때만 해도 처가는 아주 산골짜기에 있는 외딴집이었다. 운전이 서툴면 택시도 집 앞까지 가기가 힘들고, 혹시 올라가도 차를 돌리기가 그리 쉽지 않았다. 더군다나 우체국이 있는, 30리는 족히 되는, 면 소재지에 가야 충주로 가는 택시를 부를 수가 있었다. 때마침 서울 처남이 휴가차 집에 와 있어서 택시를 부르기 위해 산길을 질러 뛰어가고, 남은 사람들은 택시가 오는 마을 아래 남한강 가까지 산모를 이웃집 리어카에 싣고 내려갔다. 마침 마을 입구에 내려가니 택시를 불러 타고 서울 처남이 와 있었다. 택시에 옮겨 타고 충주 시내를 들어섰는데 병원에 도착하기 전에 결국 택시에서 아기를 낳았단다. 미안하지만 택시 기사한테 집까지 돌아가자고 하니 택시 기사는 아무 말 없이 차를 돌려 한밤중에 그 좁은 길을 올라 집까지 태워다 줬다고 한다. 그뿐만 아니라 출산을 축하한다며 돈도 안 받고 가더니 다음 날 미역을 한 올 사 가지고 오셨다고 한다. 참으로 고마운 분이 아닐 수 없다. 내가 칠십 평생 살면서 꼭 보고 싶은 몇 안 되는 분 중 한 분이다.

　아기는 친정에서 낳았으나 시집이 있는데 안 가볼 수도 없어 어린 아기를 안고 어머님 댁을 찾아갔는데, 어쩐 일인지 문전 박대를 하더란다. 마씨 집안 씨니까 마씨네로 가보라며 어린 손자를 보고도 우윳값 한 푼 안 주고 돌려세우더란다. 그래도 집사람은 지금까지 아무리 화가 나도 시어머니 흉을 보지 않는다. 그래서 너무 고맙다. 그 후 발길을 돌려 수유리 작은집에 할머니가 계시니 거기로 갔단다. 거기서는 어머니와 달리 할머니, 작은아버지, 작은어머니 심지어 옆방 가내수공업 하는 누나들까지 모여서 큰 잔치가 벌어졌다. 특히 할머니는 증손자가 태어났다고 너무너무 반갑게 맞아주는 건 물론, 작은어머니와 옆방 누나들에게 미안할 정도로 아기를 만지지도 못하게 하면서 신이 나셨다고 한다. 친정에 좀 다녀온다고 해도 증손자 다칠까 두려워 집에만 있으라고 하실 정도였단다.

자대 배치

집사람이 그러는 동안, 나는 훈련을 마치고 자대 배치를 받게 됐다. 그날 아침 논산 연무대역에서 우리 연대 병력을 다 만났다. 입소할 때 헤어져 다시 만나니 서로서로 반가워 얼싸안고 좋아들 했다. 하지만 그것도 잠시, 계속해서 몇 명 또는 몇십 명씩 호명을 하면 트럭에 올라타고 그렇게 우리는 뿔뿔이 흩어져 어딘가로 보내졌다. 나는 저녁때가 되어 열차에 올랐다. 무척 많이 탔다. 열차가 열 량은 되는 것 같았다. 해 질 무렵 열차가 출발해서 밤새도록 달려온 곳이 서울 같은데, 다들 촌놈들이라 어딘지 서로 물어보는 것이었다. 조금 있으니 방송이 나왔다. 용산역인데 여기서 또 헤어진다고 했다. 우리는 한 백여 명 다른 객차로 옮겨 탔다. 열차는 어두운 서울의 밤을 신나게 달려 어딘가로 향했다. 대략 두 시간은 달려서 내렸는데, 여기도 전깃불이 밝은 걸로 봐서는 서울이 아니면 인천이나 수원쯤이라고 생각했다.

연병장에 내리니 부대장님이 나와서 환영 인사를 했다. 제군들이 여기 서울 도봉산 앞에 있는 101 보충대에 오게 된 것을 기쁜 마음으로 축하한다고. 그제야 알았다. 의정부 도봉산역이란 걸. 부대장님 말씀에 의하면, 부대 배치가 빨리 되는 병력은 내일 아침에 배속될 것이고 늦은 병력은 한 달도 걸릴 수 있다고 했다. 그리고 여기서는 집으로 편지를 해도 소용없으니 편지는 절대 하지 말라고 했다. 어차피 자대에 가나, 자대에 안 가고 여기에 몇 달이고 있으나 군대 생활 3년은 똑같이 가는 거니 절대 초조해하지 말고 기다리라고 했다. 우리는 며칠 후 군용 트럭 다섯 대에 나누어 탔다. 시내를 잠깐 지나니 먼지가 날리는 비포장도로였다. 덜컹거리는 트럭처럼 불안한 마음으로 몇 시간을 달려가는데, 휴전선 가까이 온 것 같았다. 차에서 내려 보니 두 대만 여기에 왔다. 모두 40명이었다.

여기서도 부대장님이 나와서 맞았다. 이곳은 양주군 백석면에 있는 우리나라 육군의 최고 정예 부대로 이름을 알리고 있는 26사단 신병 교육대이며, 4주간 주특기 교육을 받아야 한다고 하셨다. 부대장님 계급이 대위인 걸로 보아 큰 부대가 아니란 느낌 말고는, 너 나 할 것 없이 군 생활이 처음이니 아무것도 모르고 궁금할 뿐이었다. 조금 있으니 소위가 와서 인사를 했다. 4주간 함께할 소대장이란다. 우선 20명씩 이름을 불러 따로 세우고 우리는 박격포반, 저쪽은 엘엠지(LMG) 기관총반으로 나누었다.

한 내무반에서 함께 내무 생활을 하지만, 교육은 따로 받는다고 했다. 그리고 전체 내무반장 할 사람은 손들어보라고 했다. 나는 생각해볼 겨를도 없이 손을 들었다. "다른 사람 또 없어?" 하지만 아무도 손드는 사람이 없었다. "그럼, 박격포반을 1반으로 하고, 기관총반을 2반으로 한다." 그러면서 2반에서 반장 할 사람 손들라고 했다. 아무도 손드는 사람이 없으니 2반원 중에서 키가 제일 큰 사람을 지목해서 2반장을 하라고 했는데, 대답을 안 하니까 한참을 있다가, 못 하겠다면 다른 사람을 시킨다고 다그쳤다. 그제서야 하겠다고 대답하는 것이었다.

신병대는 의정부에서 멀지 않은 덕정역에서 고개 하나를 넘으면 그 유명한 회암사지 즉 회암사가 있는 회천면 회암리에 있었다. 여기서는 4주 동안 교육을 받으니 편지를 하라고 했다. 토요일 일요일은 면회도 되고, 피엑스(PX)와 오락실에는 당구대와 탁구대도 있었다. 나는 그날로 두 군데에, 집사람이 어디에 있을지 모르니 처가와 수유리 작은집으로 편지를 했다. 여기는 면회도 된다고 하고 아들도 보고 싶다고 썼다. 내 예감이 적중했다. 마침 집사람이 수유리 작은집에 할머니와 함께 있었다. 수유

리에서 여기까지는 한나절이면 올 수 있고, 저녁에 해가 진 뒤에
떠나도 수유리까지는 얼마든지 갈 수가 있는 곳이었다.

면회

편지를 하고 삼 일 만에 집사람이 제일 먼저 면회를 왔다. 얘기를 안 했어도, 내가 나이가 많고 장가를 가서 아기도 있다는 걸 전 내무반이 다 알고는 있었지만 그렇게 빨리 면회를 올 줄은 누구도 생각지 못했다. 더군다나 훈련소에서부터 101 보충대까지 한 내무반에서 떨어지지 않은 김지운이가 의정부 청학동이 집이라 그보다 빨리 면회를 올 줄은 생각지 못했다. 집사람이 아기까지 업고 면회를 오니 소대장과 중대장이 동시에 불러서 외박을 허락했다. 논산 훈련소에 입대한 후 처음으로 부대 밖으로 나온 것이다.

중대장님께서 취사반에 있는 닭고기 두 마리를 식당에 갖다 주고, 소대장까지 넷이서 저녁을 잘 먹었다. 그리고 바로 부대 옆 어느 가정집을 하나 얻어주면서 오늘은 여기서 집사람과 외박을 하고 내일은 회암사까지만 외출도 허락한다고 하셨다. 원칙은 훈련병 신분이어서 외출이나 외박은 안 되지만, 아주 특별한 경우라서 중대장님이 허락을 하신 것이니 소대장님께서 시간을 꼭 엄수하도록 부탁하셨다. 지난 내 잘못은 어느새 다 잊어버리고 세상에 우리 둘보다 행복한 사람이 없는 것처럼 날아갈 것 같앉다. 그날은 시간이 이렇게 빨리 갈 수가 없었다. 시간을 좀 늦출 수 있으면 얼마나 좋을까 그런 생각밖에 안 들었다. 그래도 시간은 어김없이 흘러 일요일이 됐고 소대장님이 점심을 사주셨다. 점심만 먹으면 곧 헤어져야 한다. 시간 가는 것이 너무 아쉬웠지만 이제는 한 번 다녀간 길이니 자주 면회 오라고 했다. 아기는 내 아들이라서가 아니라 첫돌까지는 정말 귀엽고 여자아이처럼 예뻐서 보는 사람마다 너무 예쁘다고 칭찬이 대단했다.

그렇게 집사람을 보내고 4주 동안 61미리, 81미리 박격포 훈련을 본격적으로 받았다. 열심히 훈련을 받다 보니 어느새 졸업식이 다가왔고, 그 4주 동안 집사람이 세 번 면회를 왔다. 졸업식에서 2반장과 또 한 명이 신병교육대장 표창을 받았고, 나는 당당히 사단장님 표창을 받게 되었다. 사단장 표창 수상자는 오늘 바로 일주일 포상 휴가를 갔다가 신병교육대가 아닌 배치 부대로 바로 귀대하라는 것이었다. 복귀할 중대 주소를 적어주는데, 그 유명한 '불무리 부대'라고 부르는 26사 76연대의 8중대였다. 나는 일주일 포상 휴가를 마치고 자대 8중대로 귀대했다. 경기도 양주군 장흥면 도봉산과 사패산 사이에 있는 송추유원지 입구에 교회가 하나 있는데, 이 교회서부터는 비포장도로라 비만 오면 진흙밭이 되곤 했다. 사람이 걸어 다니기 어려운 그런 길을 따라 약 50미터의 자그마한 고개를 넘으면 우리 중대가 있었다.

바둑

다음 날 오전에 중대장님 면담이 있다고 했다. 얼마나 있었을까 한참을 기다리는데 훈련소에서부터 같은 내무반 생활을 한 김지운이가 살짝 귀띔해주는 것이었다. 너는 건방지게 자대에 오기도 전에 휴가부터 갔으니 오기만 하면 신고식을 아주 멋지게 치르겠다고 고참들이 벼른다는 것이었다. 그러던 중 중대 행정반에서 행정반으로 오라고 전달이 왔다. 행정반에 들어가니 바로 맞은편 한가운데 중대장님 책상이 있고 그 옆으로 조금 작은 인사계님 책상이 있었다. 그 앞에 양쪽으로 작은 책상이 3개씩 놓여 있었다. 중대장님이 옆방으로 들어오라고 해서 들어가니 거기가 응접실이었다. 중대장님과 탁자를 가운데 두고 마주 앉았다. 중대장님께서 우선 축하부터 한다며 악수를 청하면서 신병 교육대에서 사단장님 표창을 받은 유능한 사람을 중대원으로 맞이하게 되어 기쁘다고 말씀하셨다. 면담에 들어가 이것저것 물으시는데, 신병 교육대에서 신상명세서가 넘어왔는지 내가 나이도 많은데 결혼해서 아기도 있는 걸 다 알고 계셨다.

이것저것 묻다가 취미가 무어냐고 물으셨다. 나는 한참을 망설이다 바둑이라고 했다. 그때 실력으로 남들이 아마추어 5급은 인정하는 실력이었다. 당구도 250은 쳤고, 마작도 조금은 했다. 오락이라면 뭐든 특출나지는 못해도 누구든 함께 놀아줄 실력은 됐다. 거기에 술도 좋아해서 주량도 남들보다 셌다. 취미가 바둑이라고 하니, 즉시 행정반에 대고 바둑판을 가져오라고 하셨다. 군대는 역시 군대구나 하는 생각이 들었다. 말이 떨어지기 무섭게 바둑판과 알을 가져다놓았다. 중대장님께서 급수도 묻지 않고 무조건 아홉 점을 깔고 한 번 두자고 하시는데 감히 바둑돌이 잡히지도 않고 바둑판의 줄도 제대로 보이지 않았다. 내가 망설이고 있으려니 행정반에 대고 지휘봉을 가져오라고 하셨다. 그 지휘봉으로 탁자를 몇 번 탕탕 치시며 빨리 두라고 하니, 더욱 떨려서 어찌할 수가 없었다.

그때 행정반에서 인사계님이 한마디 하셨다. 무조건 이기면 된다고 하면서 빨리 두라고 하시는 거였다. 그런데 알을 아홉 개나 깔았으니 어떻게 이길 방법이 없을 것 같았다. 그래도 할 수 없이 바둑을 한판 두었는데, 이건 바둑도 오목도 아니었다. 중대장님께 정중히 말씀드렸다. 이렇게 해서는 바둑이 배워지지 않으니 제가 화점, 축, 아다리(단수) 등등 처음부터 순서대로 알려드리겠다고 말씀드렸다. 그랬더니 며칠이면 너만치 5급을 둘 수 있느냐고 다그치셨다. 나는 어떻게 설명해야 할지 도대체 생각이 나지 않았다. 이때 또다시 인사계님이 말씀하시길, 어제 전입해서 삼 년은 있어야 제대하니, 이등병 바둑 실력으로 보아 천천히 배우시면 되겠다고 하시는 거였다. 그러자 중대장님께서 그럼 너가 하자는 대로 하시겠다고 하셨다. 아는 대로 바둑을 귀화점부터 두는 이유부터 해서 쭉 설명을 드리고, 한쪽 귀에서부터 설명을 해가며 바둑을 두었다. 어느새 점심시간이 되었다. 취사반에 연락해서 밥 두 상을 중대장실로 가져오라고 하셨다. 어제 전입 온 놈이, 동기 이야기를 들으면 안 그래도 고참들이 벼른다는데, 하지만 어떻게 할 방법이 없었다. 저녁까지도 중대장님과 함께 먹었다.

고난의
시작

아니나 다를까, 아홉 시가 넘어 취침 점호가 끝나고 중대장님이 퇴근하니 고참들이 즉시 취사반 뒤로 나를 불러냈다. 행정반과 취사반 모두 모였는데, 한 7~8명 되는 것 같았다. 무조건 엎드려뻗쳐를 시키고 한참 연설을 했다. 졸병 주제에 겁대가리 없이 자대에 오기도 전에 휴가부터 다녀오고, 그것도 모자라 첫날부터 우리가 교대로 밥을 갖다 바쳐야 하느냐고. 그러면서 나보고 어떻게 했으면 좋겠냐고 하는 것이었다. 나는 엎드려뻗친 상태로 무어라고 대답도 할 수가 없었다. 그러자 졸따구 새끼가 겁대가리 없이 대답도 안 한다며 돌아가며 줄빠따를 놓았다. 몇 바퀴나 돌았는지 나는 거의 기절 상태였는데, 자기들을 겁주려고 엄살 부린다며 취사반 앞 논 구석 웅덩이에서 물을 한 통 떠다가 통째로 내게 붓는 것이었다. 말로만 듣던 고문이 이렇게 하는구나 싶었는데, 일어나라고 해도 일어설 수가 없었다. 오늘은 첫날이라 맛만 보이는 거고 앞으로는 알아서 하라며, 이제 내무반으로 올라가라고 하는데 어둡기까지 해서 발을 뗄 수가 없었다. 거의 네발로 기어 내무반까지 오도록 누구 하나 쳐다보지도 않았다. 그렇게 연병장을 건너 막사 밑까지 와서 돌계단에 걸터앉으려니까 엉덩이가 아파 바로 앉을 수가 없었다.

아침에 화장실까지 거의 기어가듯 가서 팬티를 내리려고 하는데, 내릴 수가 없었다. 팬티가 엉덩이 살에 붙어 도저히 뗄 수가 없다. 동기 김지운이 눈치를 채고 내무반에 있는 아까징끼(빨간 소독약)를 가져왔다. 내가 엎드린 자세에서 소독약을 팬티 위에 바르고서야 간신히 벗을 수 있었다. 그러고서 네발로 뻗대고 대변을 보았다. 아침 교육이 시작되었으나 나는 제대로 걸을 수가 없었다. 연병장에 집합을 해야 하는데 도저히 몸을 마음대로 움직일 수도 없었다. 그래도 악으로 연병장에 나갔는데 인사계님이 단석에 오르시더니 첫마디로 나를 불렀다. 빨리 행정반으로 올라가라고. 나는 안 가겠다고도 못 하고 죽으러 가는 심정으로 행정반에 올라갔다. 어제와 똑같이 중대장님이 기다리셨다. 말을 할 수도 없고, 중대장 앞에 앉는 것도 엉덩이가 아프니 바로 앉지 못해 아주 불편했다. 이 정도면 눈치를 채서 알 것 같은데 전혀 신경을 안 쓰고 바둑만 두잔다. 때가 돼서 밥 먹는 건 취사반에 가서 먹고 싶었지만 그럴 수도 없었다. 오늘도 이렇게 바둑판만 가지고 앉아 있으니 나는 벌써부터 저녁이 걱정이었다.

그날은 소대 내무반 선임하사가 점호가 끝나고 한참 잠이 들 만하니 비상을 걸었다. 신병들 군기가 빠져서, 엊그제 전입 온 놈에게 밥을 타다 주어야 하는 그런 군대가 이 나라에는 없는데, 우리 소대에서 그런 있을 수 없는 일이 생겼다며 모두 침상에 엎드려뻗치라고 했다. 나는 죽는 셈 치고 바지와 팬티를 다 내리고 엎드려뻗쳤다. 선임하사가 깜짝 놀라더니, 엊그제 전입을 왔는데, 하면서 어제저녁 일을 전혀 모르는 척했다. 그러더니 나만 열외를 시키고 전체 줄빠따를 때렸다. 물론 시작은 나 때문이었지만 어제저녁 첫날부터 너무 심했다고 생각이 드는가 보다 그리 생각하고 있는데, 나는 빠따 대신 오늘 저녁 불침번은 혼자 말뚝을 서라고 하는 것이었다. 당장 엉덩이가 그 지경인데 더 맞지 않은 것만도 다행으로 생각하고 불침번을 서는 걸로 넘어갔다.

그런데 다음 날도 중대장님은 마찬가지였다. 밤에는 잠을 못 자고 낮에는 중대장과 바둑을 두어야 했다. 그렇게 얼마를 지나니 몇 중대장인가 대위 한 분이 구경을 왔다. 우리 중대에 바둑 선수가 전입을 왔다고 얼마나 자랑을 했는지, 그래서 온 거였다. 그분은 실력이 조금은 나았다. 아다리(단수), 축 정도는 알아서 아홉 점 정도 깔고 내가 좀 봐주며 두면 될 정도였다. 알고 보니 이분이 겨우 단수 정도 아는 실력인데 그동안 엉터리로 실력 뻥튀기를 너무 했다. 결국 우리 중대장님이 모든 걸 알게 되었고 보름도 안 돼 둘끼리 맞바둑을 둘 정도로 우리 중대장님 실력이 늘었지만, 그동안 나는 죽을 고생을 하고 탈영할 생각을 하기까지 했다.

그 와중에 동기 김지운이 마침 소대장 전령이어서 도움을 많이 받았다. 그리고 집사람이 수유리 작은집에 있으니 여기까지는 버스 두 번만 갈아타면 올 수 있었다. 그래서 아기를 업고 자주 면회도 왔다. 더군다나 전입 첫날 면담 때, 집사람에게는 부대로 편지를 하지 말고 중대장님 숙소 주소로 하고 면회도 부대로 오지 말고 중대장님 숙소로 오라고 하셨다. 중대장님 숙소나 인사계님 숙소는 자동차가 다니는 위병소가 아닌 그 반대편 논두렁길로 부대에서 2~3분 거리에 있었다. 그 무렵 KBS 인기 드라마 <여로>의 야외 촬영장이 우리 중대와 연대 CP(지휘소) 사이에 있는 마을에 있었고, 중대장님 숙소에서는 바로 앞에 보이는 곳이었다. <여로> 촬영 시간에는 초병 외에는 부대 밖으로 나가지 못했고 일체 열외가 없었다. 그런데 중대장님이나 인사계님 댁으로 오면 바로 나갈 수 있었고, 방도 두 분 모두 두 칸씩 있어서 염치 불문하고 방세도 없이 썼다.

언 논에서
포복하기

그러다 겨울이 왔다. 중대 연병장이라야 큰 집 마당만 한 진흙 바닥이었다. 추운 겨울날에도 낮에는 언 땅이 살짝 녹는데, 부식 차가 오면 연병장을 몇 바퀴 돌고 가게 했다. 그리고 밤에 기온이 떨어지면 연병장은 진흙이 모두 얼어 칼날처럼 날카롭다. 그런 날엔 어김없이 밤 열 시만 되면 비상을 걸어 연병장에서 다 벗은 팬티 바람에 낮은 포복 높은 포복으로 연병장을 몇 바퀴 돌게 하는 것이었다. 그다음 찬물밖에 안 나오는 샤워장에 가면 무서워서 자기 몸은 쳐다보지도 못하고 서로 남을 쳐다보면서 울었다. 이보다 한 수 더한 건 연병장 앞쪽에 있는 논에다 낮에 물을 살짝 대놓고 밤이 되는 것이다.

나는 죽을 때까지 호남이 고향인 심일석이란 놈을 잊을 수가 없다. 이제라도 만나면 그때는 왜 그랬는지 물어보고, 이놈이 평생 잘 먹고 잘살았는지 알아보고 싶다. 물론 칠십 평생을 살면서 호남 사람 중에 내가 덕을 본 사람이 더 많다. 한 가족만 소개하자면, 말만 하면 그 시절 다 알 수 있는 강원도 사북에 동원탄좌 이연 회장님과 막내아들인 이전배 사장님, 또 조카인 이종화, 이종인 과장님이 있다. 훗날 이종화 과장님은 의정부 로열CC 사장

과, 남서울관광호텔 사장, 제주도 워싱턴 관광호텔 사장을 역임
하셨다고 한다. 이렇게 훌륭한 분들이 있지만, 그 심일석 같은 놈
몇 명 때문에 호남 놈 호남 놈 한다.

밤이 되면 논의 물이 살짝 얼었다. 그러면 여지없이 밤중에 비
상을 걸어 그 논에서 낮은 포복 높은 포복을 시켰다. 샤워장에
가면 누구나 온몸이 피투성이였다. 사람이니 독해서 살았지, 다
른 짐승이면, 개나 소도 그 정도면 살 수가 없다. 하는 수 없이 나
는 월남으로 가기로 결심을 했다. 그때는 전쟁이 막판이고 희생
자가 많아, 지원자가 없을 때여서 지원만 하면 갈 수가 있었다.
연대에 사역을 지원해서 연대 CP(지휘소)에 가서 월남 지원을
했다. 다른 병력은 중대로 복귀를 하는데, 나는 연대에 남았다.
다음 날 오전에 인사계님이 오시어 위병소 뒤로 불러냈다. 거기
서 죽지 않을 만큼 맞았다. 그러고 인사계한테 끌려서 중대로 돌
아왔는데, 다음 날 인사계가 행정반으로 불러서 하시는 말씀이,
처자식이 있는 놈이 가서 잘못되면 중대장이나 자기는 평생 너
의 처자식에게 죄인으로 살아야 하니 네 다리 하나를 없애서 의
가사 제대를 시킬망정 월남은 못 보낸다고 하셨다.

하지만 그 후에도 죽지 않으려면 탈영이라도 해야 할 만큼 도 저히 못 견딜 것 같아 또 연대에 가서 지원을 했다. 그다음 날엔 소대 선임하사가 왔다. 중대장님이 데려오라고 했단다. 역시 먼 저처럼 혼이 났다.

살 길을
찾아서

북한산 구파발부터 도봉산을 지나 사패산까지는 유엔군이 지키던 곳이었다. 그러다가 김신조 일당 청와대 습격 사건 후 유엔군이 철수하고 우리 연대가 들어왔다. 우리 사단 두 개 연대는 교육 연대고, 유일하게 우리 연대만 경계를 섰다. 행정은 사단 지시를 받지만, 작전은 유엔군 지시를 받았다.

북한산부터 도봉산 사패산까지 정상에서 서울 쪽은 팔부 능선까지 그리고 북쪽은 우리가 지키고 그 아래는 전투경찰이 지켰다. 산봉우리 초소의 큰 벙커에는 일개 분대씩 올라가 상주하기도 하지만, 일개 분대가 있어봐야 휴가 파견 빼고 나면 그저 오륙 명 정도가 근무하게 된다. 저녁에 해가 지면 벙커에 들어가고, 날이 밝으면 산 전체를 돌며 북한에서 날아오는 삐라(전단)를 회수하는 게 하루 일과였다. 밤에 벙커에서 소총을 어깨에 메고 졸면 순찰 도는 유엔군이 면도칼로 손으로 잡은 멜빵끈 아래위를 끊고 소총만 가지고 갔다. 낮에는 취침인데 매일 식량 밑기름 물 등을 수령하러 중대까지 하루에 한 번씩 다녀가야 했다. 한 번은 다른 중대에서 대학생들이 텐트를 치고 야영을 하는데, 텐트 속에 총을 들이밀고 먹을 것과 술 돈 등을 요구하다 놀란

대학생들이 간첩이 나왔다고 경찰에 신고해서, 전군이 비상이 걸리고 소대장과 중대장이 군복을 벗은 사건도 있었다.

또 그때는 통금이 있어 밤중에는 군인이 아니면 다닐 수가 없었고, 장흥 쪽에 양계장이 많아서 야간에 닭을 많이 훔쳐 먹었다. 비닐 양계장은 절대로 문을 걸어 잠그지 않는다. 문이 잠겨서 도둑놈이 비닐을 찢으면 닭이 다 얼어 죽기 때문이다. 그뿐이 아니다. 군인 가족 집에서 기르는 개는 군인이 가면 절대로 짖지 않는다. 그래서 개도 많이 훔쳐다 먹어, 자대에 와서는 기합과 맞는 것이 힘들었지 배는 그리 굶지 않았다.

우리 연대는 각 중대마다 따로 떨어져 있어서 대대 CP나 연대 CP에 사역과 대민 지원이 무척이나 많았다. 야간 경계근무를 하고 나면 주간에는 간단한 교육이나 취침이 원칙이다. 어느 날 또 나는 연대 CP에 사역을 나갔다가 월남 지원을 했다. 어김없이 중대장님이 화가 머리끝까지 나서 오셨다. 나는 연대 행정실로 피신해서 지원을 요청했다. 연대에서 하는 말이, 그 중대에 배속되면 나 개인의 몸이 아니기 때문에 소대장 중대장의 명령에 복종하지 않으면 남한산성 그러니까 당시 군 형무소에 보낸다고 하면서 일단 중대장 명령에 복종하라고 하는 것이었다. 그 래서 다시 중대로 잡혀왔는데, 한 이십 분간 중대까지 걸으면서 이번에는 죽겠구나 생각하면서 말 한마디 없이 걸어왔다. 행정 반에 들어서니 인사계 외에 세 명 정도가 더 있었다. 중대장님이 모두 다 밖으로 나가라고 하더니 나를 인사계에게 넘겼다. 이제 나는 어떻게 할 수 없으니 이번에는 인사계가 알아서 처리하라 고 하시는 거였다. 그러고는 중대장도 밖으로 나갔다.

우리 중대에서는 내가 군에 늦게 온 데다가, 내 나이가 호적보 다도 많아 중대장이나 인사계보다도 나이가 더 많은 줄 알고 있 었다. 내가 전입 오고 일주일 정도 되었을 때다. 나하고 동갑이지 만 생일이 삼 개월 늦어서 나를 형이라고 부르는 사촌이 서울에 서 면회를 왔었다. 그 사촌이 인사계와 이야기를 하다가 인사계 에게 하사관 교육을 어디서 받았냐고 물었고, 원주 일군 하사관 학교를 나왔다고 했다. 사촌도 마침 같은 하사관 학교를 나온 터 라 서로 그때 훈련받던 이야기와 졸업 기념으로 새긴 도장을 보 이니 자기가 한 기수 아래라며 인사계가 깜짝 놀랐던 적이 있다. 내 사촌 동생이 인사계보다 한 기 선배니, 중대에서는 내 나이가 무척 많은 걸로 알 수밖에 없었다.

　인사계가 말하기를, 사촌이 면회를 왔을 때 우리 형 나이도 있고 그러니 잘 좀 부탁한다고 하고 갔는데, 이렇게 그냥 두고 볼 수는 없으니 이건 어떠냐고 들어보라고 했다. 본인도 받았기 때문에 그 훈련이 너무 힘들다는 건 아는데, 전 육군에서 각 아홉 명이나 열 명씩 차출해서 원주 일군 하사관 훈련소에서 36주 교육을 시키고 다시 자대로 즉 중대까지 복귀하는 게 있다고 했다. 조금 기다리면 기회가 올 거니 조금만 참고 거길 지원하는 게 어떻겠냐고 오히려 사정을 했다. 나는 생각해볼 것도 없이 지원하겠다고 했다. 자대에서는 밤 열두 시가 넘으면 꼭 한 번씩 비상을 걸어 구타나 기합을 주니 잠도 열두 시가 넘어야 마음 놓고 잘 수가 있었다. 하지만 훈련은 아무리 힘들어도 다 같이 함께 받는 거고, 이렇게까지 잠도 못 자게 하진 않을 거라 생각했다.

　면담이 기분 좋게 끝나고 인사계님이 취사반에 술안주와 막걸리를 준비하라고 시키고 나서 중대장님께도 피엑스(PX)로 오시라고 전령을 보냈다. 우리도 취사반에 가서 기다리는데, 각 소대 선임하사들도 모두 집합이었다. 중대장님이 들어오시니 인사계가 중대장님께 면담이 잘됐다고 보고했다. 인사계님은 술을 못 마신다며 음료수를 따르고, 중대장님께서 건배를 하기 전에 한마디 하셨다. 여기 있는 마 이등병은 우리 중대에서 나나 인사계보다도 나이가 많아 부대 생활 적응을 좀 힘들어하고 있다. 여기는 군대이니 당연히 군 생활을 똑같이 해야 하지만, 이제부터는 나나 인사계를 비롯해 행정반이나 취사반장까지 마 이등병이 무사히 삼 년을 마치고 가족의 품으로 돌아가도록 우리 모두 노력하자며 건배를 했다. 그 자리에서 나는 빠따를 맞을 때보다 더 눈물이 났다.

그러는 사이 집사람이 아들을 업고 면회도 몇 번 다녀갔다. 우리 소대장이 일직을 서는 날은 추리닝을 입고 아침 조회가 끝나면 구보를 했다. 집사람이 면회를 오면, 창동 검문소를 지나 한전 연수원에서 나만 빠지고 소대원들만 복귀했다. 그리고 이틀 후 새벽에 그 자리에 와서 중대 아침 구보 때 소대원들과 함께 부대로 복귀했다. 개인적인 문제는 조금 나아졌다고 하지만 줄빠따나 밤중에 비상을 걸어 괴롭히는 건 여전했다. 야간 비상은 꼭 통금 시간만 되면 걸어서 괴롭혔다. 민간인들은 모두 다 잠들어

부대 안에서는 살인이 나도 모른다. 그리고 심일석만 없으면 온
중대가 조용해질 것 같았다. 아무리 군대라고 해도 여기도 사람
이 모여 사는 곳인데, 꼭 소리 안 나는 총이 있으면 쏘아 죽이고
싶은 놈 하나가 중대 전체를 힘들게 한다. 내 생각에는 중대장이
나 인사계도 알고도 모르는 척하는 것 같았다.

얼마 후 인사계가 행정반으로 불렀다. 달려가 보니 내일 연대
로 갈 준비를 하고, 당분간 교육을 마치고 올 때까지 편지나 면
회는 오지 말라고 편지부터 하라고 한다. 다음 날 아침 연병장에
서 중대원 모두를 집합시켜놓고, 중대장님께서 마정하 이병이
오늘 우리 중대를 떠나면 육 개월 후에는 하사를 달고 포반장으
로 돌아올 거라며, 단상에 올라 인사하라고 하셨다. 당당히 단상
에 오르니 전 중대원이 한눈에 보였다. 그런데 심일석은 안 보였
다. 나는 이야기했다. 내가 하사를 달자고 모두가 힘들다고 안 가
는 곳을 스스로 지원한 것은, 교육을 마치고 귀대하면 몇몇 고참
들은 제대하고 없겠지만 우리 중대가 죽고 싶고 탈영하고 싶은
그런 중대가 아니고 군대 생활이 재미있고 더 있고 싶은 부대를
만들어보고자 떠난다고 하고, 육 개월 후에 건강한 모습으로 다

시 만나자고 하고 내려오니, 고참이나 졸병이나 똑같이 힘차게 박수를 쳤다. 그러고 나니 고참들이 먼저 목마를 만들어 거기에 타라고 했다. 제대병이 제대할 때처럼 전 중대원이 위병소를 지나 자동차 길까지 길 양쪽에 늘어서서 박수를 쳐줬다. 그렇게 큰 길까지 나와 목마에서 내려 연대 CP까지 선임하사와 걸어갔다.

하사관
학교

연대에 가니 우선 보급품인 양말과 속옷부터 해서 신발(워커) 모자까지 모든 관물을 새것으로 바꿔줬다. 세 명이 대기병 생활을 하는데 그렇게 대우가 좋을 수가 없었다. 세 명 중에서도 내가 제일 졸병이었다. 담당 하사가 하는 말이, 여기서 세 명이지만 사단에 가서 아홉 명이 모여도 어차피 원주 훈련소에 가면 다 동기가 되니까 고참 졸병 가리지 말고 친하게 지내라고 했다. 한 이틀 잘 먹고 잘 자고, 군 생활이 이러면 제대 안 하고 할 만하겠다는 생각이 들었다. 삼 일 후 사단 사령부에서 아홉 명이 다 모였을 때도 무척 편하게 대해줬다. 하사관 학교 훈련이 얼마나 힘들기에 이렇게 편하고 친절하게 대해주는지 마음은 내심 불안했다. 사단 사령부에서도 삼 일을 묵고, 트럭으로 원주까지 갔다. 학교 연병장에 내리니 분위기가 달랐다.

그러나 이제는 받아논 밥상이다. 먹어야 산다. 안 먹을 수도, 죽을 수도 없다. 떠나기 전에 인사계님이 여러 번 부탁했다. 어려우면 내가 했던 말 잊지 말라고, 하사를 달고 여기에 다시 와 보라고. 그 말을 앞으로 몇 번을 생각해야 할지 막막하기도 했다. 저녁때가 되니 모두 온 모양이었다. 연병장에 집합을 시켰다. 조교들의 말투는 친절하면서도 무언가 아주 살벌함이 느껴졌다. 논산 훈련소나 사단 신병 교육대는 군대가 아니구나 하는 느낌이 무언가 모르게 느껴졌다. 구대별로 삼십 명씩 불러서 세웠다. 한 오개 구대가 되었다. 그날 저녁 구대 내무반에 들어오니 침상 위에 개인 침대가 한쪽에 열다섯 개씩 양쪽으로 있었다. 구대장이 한마디 했다. 여러분은 훈련병으로 계급장도 비록 단풍 계급장이지만, 오늘부터 기초 지휘관 대우를 받으며 하사 계급장을 달았다. 모든 관물은 자대에서 다 수령해 왔으니까 훈련을 마치고 갈 때까지 본인이 책임지라고 했다. 앞으로 학교 안에서는 모든 생활이 누구의 간섭도 받지 않고 자율 행동을 하되, 규율에 어긋나면 한 사람이 잘못해도 전 구대원 삼십 명이 함께 책임지고 나아가서는 백오십 명이 함께 책임질 때도 있으니, 모든 행동에서 나 하나 때문에 다른 동료들이 피해를 보지 않도록 꼭 명심하라고 강력히 힘주어 말했다.

다음 날 아침 식사부터 달라졌다. 밥은 직각으로 먹으라는데 그것도 고개는 숙이지 못하게 했다. 그러니 밥은 고사하고 국과 반찬이 보이지도 않아 먹을 수가 없었다. 거기다 오 분만 지나면 식사 끝이었다. 자기가 먹은 그릇과 수저는 본인이 씻어 오는데, 조금이라도 잘못 씻으면 혼자 혼나는 게 아니고 누가 잘못했는지도 모르고 무조건 단체 기합이었다. 빠따도 여기는 자대와 달랐다. 내무반 입구 한쪽에는 바께스에 물을 담아 오 파운드 곡괭이 자루를 세워놓고, 다른 한쪽에는 바께스에 빨간 옥토징끼 소독약을 담아서 큰 솜방망이를 담아놓았다. 하사관 학교 조교는 빠따 때리는 기술만 몇 년을 배웠는지 아무리 아프게 때려도 절대 상처가 나지 않았다. 훈련은 힘든 것도 힘든 것이지만 정신무장이 목적이었다. 제식 훈련을 하다가 한 중대만 잘못돼도 연병장에 수송부 차량을 모두 동원해서 비추고 밤새워 훈련을 했다. 반대로 훈련이 원칙대로 다 잘되면 처음 하는 것도 두 번은 없었다.

하사관 학교장은 준장이고 참모장은 대령인데, 체격은 참모장이 배는 컸다. 한 번은 전 부대가 집합했는데, 연병장 단상에서 학교장이 참모장에게 쪼인트를 사정없이 깠다. 참모장은 쩔쩔매면서도 학교장이 또 '앞으로' 하면 앞으로 다가섰다. 훈련병이 다 있는 자리에서 참모장이 저렇게 당하는 걸 보면서 우리는 내가 당하는 것보다 더 괴로웠다.

하루는 야외 교육을 받고 연병장에 들어서니 연병장 전체가 군용 텐트로 꽉 차 있었다. 알고 보니 이스라엘 육사 생도들이 우리가 훈련받는 걸 견학 왔다고 했다. 훈련을 마치고 내무반에 복귀하면 내무반 입구나 내무반 복도에 돈이 십 원짜리 지폐나 일 원짜리 동전이 떨어져 있었다. 교육장에서도 마찬가지였다. 누구든 주우면 즉시 반납해야지, 누가 주워 슬쩍 주머니에 넣으면 그날은 훈련도 없고 밤새도록 잠도 못 잤다. 그 돈이 꼭 나와야 해결이 되었다. 만약 단체 기합이 힘들어 다른 사람이 돈을 내놓으면 그날은 모두가 죽기 전까지 갔다. 돈을 흘리고는 지켜보기 때문에 조교들은 누가 주웠는지 다 알고 있었다. 훈련복 앞뒤에 번호를 달았고 모자에까지 번호를 달았기 때문에 꼭 주운 그 사람이 나올 때까지 끝나지 않았다.

또 빨래도 각 구대별로 널어서 말렸다. 만약 양말 한 짝이 없어져서 피엑스에 양말을 사러 가면, 나머지 한 짝을 가져오라고 했다. 마저 가져가면 새 양말 한 켤레를 돈을 받지 않고 줬다. 속옷 팬티도 마찬가지였다. 만약 옆줄에서 양말 한 짝을 슬쩍 가져오면 그날도 그 양말이 나올 때까지 밤을 새워서 찾아내고 만다.

훈련 점수도 중요하지만 이런 데 몇 번 걸리면 퇴학이다. 논산에서는 모든 관물 즉 밥그릇 수저 등도 잊어버리면 어디서 훔치든 빼앗아 오든 무조건 채워놓으면 됐다. 심지어 화장실에서도 모자를 잡고 대소변을 보았는데, 극장에 가서 영화를 볼 때도 꼭 모자를 한 손으로 잡고 봤다. 안 그러면 어두운데 어느새 모자를 벗겨 가는 것이었다. 그런데 여기는 정반대였다. 양심 불량은 반드시 찾아내고 응징했다. 나는 처음부터 이것만은 옳다고 생각하고 자신이 있었는데 거의 하루에 한 번은 무슨 형태로든 양심 불량으로 꼭 걸렸다. 그래도 날이 갈수록 양심 불량은 점점 없어졌고 설사 생겨도 빠르게 해결되었다.

교육을 받은 지 이십 주를 넘기자 일요일은 면회가 된다고 해서 하루는 편지를 했다. 그때 마침 집사람이 충주 처가에 내려와 있다가 편지를 받고 면회를 왔다. 위병소 면회장에서 내가 아들을 안고 있는데 중사 한 분이 옆에 오더니 아기가 누구냐고 물었다. 제 아들이라고 하니 한 번 안아보자고 하며 아기를 안고는 고놈 참 귀엽게 생겼구나 하면서, 나를 보고 몇 중대 몇 구대냐고 물었다. 그러더니 나보고는 빨리 내무반에 가 있으라고 하고 집사람과 무언가 이야기를 나누는 듯했다. 하라는 대로 내무반에 가 있는데 얼마 안 있어 그분이 내무반에 와서 구대장을 찾더니 무어라 한참을 이야기하고는 내게 따라오라고 했다. 따라나서니 바로 우리 막사 뒤에 있는 쪽문, 자물통을 달아놓고 자기네만 드나드는, 흔히 말하는 '개구멍'으로 데리고 나가는 것이었다. 쪽문을 지나 오 분도 못 가서 이분의 집이 있는데 부인이 나와서 친동생처럼 반겼다. 안에 들어가니 집사람이 와 있었다. 이분한테도 두 돌은 된 아기가 있었는데, 그래서였는지 우리가 너무 애처로워 보였던가 보다. 그날은 그렇게 옆방에서 자고 다음 날 새벽 나는 그 개구멍으로 복귀했다. 그 후로 집사람이 면회를 오면 위병소로 가지 말고 자기 집으로 바로 오라고 해서, 몇 번을 그렇게 신세를 졌다. 지금도 그 내외분이 너무 고맙다.

알고 보니 그분이 학교 보안대장이란다. 사단 신병 교육대에 있을 때 보안대가 대단한 걸 졸병이면서도 알았다. 내가 내무반장을 하면서 당구도 250점 정도는 치니까 중령인 우리 부대장님과 하사인 보안대장이랑 함께 당구도 쳤었다. 그때 보니 보안대장 하사가 부대장님과 거의 맞먹었는데, 어떤 때는 일호 차를 빌려서 밖에 나가기도 하는 걸 보아서 보안대가 대단한 건 졸병 때부터 알았다. 그렇게 하사관 학교생활은 힘들어도 힘든 만치 보람을 느끼며 이제 이삼 주 만을 남겨놓았다. 일주일은 각개전투 훈련이라고 했는데, 한 4킬로미터 정도 된다는 훈련장은 가보지도 못하고 훈련이 끝났다. 아침에 연병장에서 출발해서 높은 포복 낮은 포복으로 가다 보면 점심때가 되어 돌아오고, 오후 교육도 마찬가지였다. 특히 담배를 하루에 열 개비 주는 건 자대나 한 가지인데 도저히 담배 피울 곳과 시간이 없었다. 식사하고 식당 옆 재떨이가 있는 곳만 담배를 피울 수가 있었는데, 훈련장도 마찬가지였다. 그래도 이제 이삼 주 남았으니 이제는 우리 중대가 두 번째 고참 중대는 됐다.

결핵과
야전병원

그런데 어느 날 아침 연병장에 앰뷸런스가 몇 대 와 있었다. 우리 중대는 의무대 앞으로 집합하라고 했다. 의무대 앞에 집합을 하니 학교에 입학할 때 신체검사를 했는데 이제 그 결과가 나와 부르는 사람은 앰뷸런스에 타라고 했다. 나도 불려 나가 앰뷸런스에 탔는데 옆에 또 한 명이 있어 우리 차에는 두 명이었다. 마스크를 주면서 쓰라고 했다. 우리 둘은 서로 쳐다보며 할 이야기도 없었다. 나같이 건강한 사람이 무슨 이유로, 어디로 가는지 물어봐도 대답도 하지 않고 한참을 달려 어느 병원에 도착했다. 여기서 또다시 신체검사를 받았다. 내가 왜 여기에 왔는지 물어보니 그제야 결핵 환자란다.

하루 이틀 있으면 학교로 돌아갈 줄 알고 기다리다 보니 어언 삼 개월이 넘었다. 여기는 일군 사령부 내 육군 51 야전병원이란다. 병원이 무척 큰데, 정신병 환자와 결핵 환자는 따로 있는 한 막사를 사용했다. 우리는 항상 마스크를 써야 했다. 정신병 환자들과 한 내무반을 쓰다 보니 식판을 가지고 밥이나 국 반찬을 취사반에 가서 타다가 우리끼리 병실에 와서 따로 먹는데, 이 정신병 환자들은 군 생활을 하기 싫어 깡패질 하는 사람들 같았다.

우리 결핵 환자는 몇 명 되지 않아서 밥 타 오고 밥그릇 다 씻고 해도 시도 때도 없이 얻어맞았다. 한 사람이 때리면 약속이나 한 듯 함께 행동하니, 우리가 다른 병실을 달라고 해도 안 된다고 했다. 어떨 땐 야구 방망이를 아예 들고 다니다 내무반장만 안 보이면 사람들을 때리는데, 의사나 간호원도 가끔 당하기도 했다. 이 사람들을 관리하는 데는 우리를 이용하는 수밖에 없다고 했다. 이 사람들에게는 내무반장밖에 무서운 사람이 없었다. 내무반장은 이유도 없이 돌아가며 반은 죽일 듯이 때렸다.

각 사단장님들이 사령부에 오셨다가 자기 부대 병력이 입원해 있으면 병문안을 올 때도 있었다. 위문품으로 과일 같은 걸 푸짐하게 가져오기도 했는데, 사단장이다 보니 준장 또는 별 두 개 소장이었다. 사단장이 위문 오면 환자들은 모두 침대 위에 올라가 점호를 받듯이 차려 자세로 앉아 있어야 한다. 한 번은 소장인 사단장님이 앞을 지날 때 한 명이 자기 매트리스를 들어 사단장님을 덮어씌우니 약속이나 한 듯 모두 몰려들어 짓밟는 것이었다. 통로는 좁고 순간적으로 일어난 일이었다. 뒤따르던 내무반장도 속수무책으로 당할 때도 있었다. 그런 일이 있은 후에 전체가 그렇게 맞아도 그 사람들은 그때뿐이었다. 우리만 당하고 살아야 했다. 나는 그래도 집사람이 가끔 면회도 와서 병원 생활 3개월을 버티고 있었는데, 점점 더 훈련이나 자대 생활이 걱정되기 시작했다.

병원에 있으면서 들은 이야기로는, 결핵 환자는 여기 있다가 마산 결핵 병원으로 후송되면 의가사 제대가 된다고 했다. 당시에는 의가사 제대를 하면 젊은 놈이 병신(불구자)이라며 취직이 힘들다고 했는데 그것도 큰 걱정이었다. 어쨌건 군 생활 날짜는 가고 있었다. 4개월이 다 되어 내일은 각자 병원으로 후송을 가니, 편지들 해서 면회나 편지가 오지 않도록 하란다. 큰일이었다. 마산까지 가서 의가사 제대를 하면 나는 평생 폐병(결핵) 환자로 살아야 하니 밤새도록 잠이 안 오고 큰 걱정이었다. 그래도 어김없이 날은 밝았는데, 앰뷸런스가 꽤 많이 와 있었다. 한 사람 한 사람 불려 나가서 앰뷸런스가 다 떠났는데, 나는 안 부르는 것이었다. 신체검사 때 오진이 되어 미안하다며, 학교로 다시 가라는 것이었다.

자대 복귀

학교에 돌아오니 면담을 했다. 내 잘못이 하나도 없는데 너무 냉정하고 억울했다. 우리 동기들은 벌써 몇 달 전에 임관해서 하사를 달고 자대에 갔다. 나는 3~4주 남은 교육을 후배들과 마저 받겠다고 하는데도, 학교 규율이 그런 법은 없고 다음 주 들어오는 기수에 들어가서 다시 교육을 받으라고 하는 것이었다. 내 잘못이 아니라고 항의를 하니, 그럼 퇴교 조치하는 수밖에 없다고 했다. 나는 한참을 생각했다. 다시 그 힘든 훈련을 또 반년 가까이 받느니, 자대로 복귀하여 연대에 가서 다른 중대로 보내달라고 하면 그것쯤은 될 걸로 믿고 퇴교시켜달라고 했다.

어언 눈 녹는 봄날에 떠났는데 벌써 가을이었다. 연대에 오니 그런 법이 없으니 다시 8중대로 복귀하라고 했다. 길도 알고 하니 외출증 하나 끊어주며 자대로 가라고 하는데, 정말 들어가기 싫었다. 여기를 나갈 때 내가 한 이야기와 전우들이 보내준 격려를 떠올리니 너무 창피했다. 그래도 나는 군인이다. 의가사 제대를 안 한 것만 해도 다행으로 생각하기로 하고 위병소에 들어섰다. 다행히 신병이어서 모르는 초병이었다. 이야기를 하니 고참들이 가끔은 내 얘기를 해서 알고 있다고 했다. 성이 희성이라

마가라고 하니 금방 알아보았다. 행정반에 들어서니 우선 중대장 명패부터 바뀌었다. 다행히 인사계는 그대로 있었다.

반년 후에 온 놈이 하사는 고사하고 이등병을 그대로 달고 왔으니 어떻게 생각할까. 한참 후에 인사계님이 들어오셨다. 정해진 날짜에 안 와서 큰 부상을 입은 걸로 생각했단다. 중대장님이 사단 정훈장교로 가시면서 만약 오거나 소식을 들으면 알려달라 했으니, 내일 외출증을 끊어주면 사단 사령부에 가서 중대장님께 인사하고 오라고 친절을 베푸셨다. 저녁에는 중대장님만 안 오시고, 갈 때처럼 인사계님이 취사반으로 중대 간부 밑의 행정반과 취사반을 다 불렀다. 그 자리에서 인사계님이 말씀하셨다. 비록 지금 이등병을 달고 다시 왔지만, 사단장님 표창도 받았고 하사관 학교에 가서 재수가 없어 그렇지 그 힘든 훈련도 거의 다 받고 왔으니, 내일 한 계급 진급시키고 한 달에 한 계급씩 진급시켜서, 병장까지는 남보다 빨리 만들어주겠다고 이야기하셨다. 그 당시에는 월남에서 돌아온 사병들이 다 병장을 달고 귀국했기 때문에, 오히려 국내에서는 거의 병장 제대가 없고 상병 제대였다. 나는 너무나 고마울 뿐이었다.

만기 전역

인사계님과 전 중대장님의 보살핌으로 새로운 자대 생활에 익숙해져갔다. 사령부에 가서 정훈장교가 되신 중대장님도 자주 만났다. 중대 분위기는 내가 떠난 후 많이 달라졌다고 동기들이나 후배들이 말해주었다. 내가 떠난 이야기를 중대장님이 수시로 하면서, 우리 중대가 구타 없는 중대가 될 때까지 지켜보겠다고 항상 이야기하셨단다. 자대에 와서 분위기도 많이 달라지고, 이제는 군 생활이 몸에 배어 할 만했다. 졸병 때보다는 집사람이 면회를 와도 좀 자연스러워졌다. 군대 생활도 일 년이 넘었으니, 삼분의 일은 한 셈이었다. 이제는 대민 지원을 나가도 분대원을 인솔하게 되고, 하사관 학교에서 교육받은 게 군 생활에 많이 도움이 되었다. 옛날에 살벌하던 내무반 생활도 그 못된 놈하나 제대하고 나니 중대가 조용했다.

그럭저럭 세월이 흘러, 나는 중화기 중대 3소대인 박격포 소대 포반장(분대장)이 되었다. 우리 소대에 4개 분대가 있는데, 내가 선임 분대인 1분대장 겸 하나포 포반장으로 우리 소대 전체를 통솔했다. 내 자랑 같지만, 하사관 학교에 가서 하사는 못 달았어도 소대 전체를 잘 다루었다. 나보다 고참들도 계급을 떠나서 내가 통솔하는 대로 잘 따라주어, 소대장도 선임하사도 나를 신임했다. 그렇게 군대 생활 20개월 만에 병장을 달았다. 한두 달 고참들도 상병으로 제대하는데, 동기들도 다 부러워했다. 그리고 제일 좋아하는 사람들도 동기들이었다.

우리 중대에 동기가 다섯 명인데, 세 명은 신병 교육대를 같이 나왔다. 나머지 두 명은 보충대에서 바로 자대로 왔는데, 처음에는 자기네가 고참 행세를 했지만 며칠 안 가 동기인 걸 알게 되었다. 오히려 군번이 더 늦거나 아니면 별 차이가 없었다. 그렇게 해서 논산 훈련소 동기가 다섯이나 되었는데 그중에는 아직 일등병도 있었다. 그때는 각 군단에서 십몇 주 교육을 받으면 병장 진급을 하고, 자대에 와서 제대를 몇 개월 남겨놓으면 하사로 진급을 해서 제대하는 제도가 있었다. 나는 부대에서 군단 하교대(하사관 교육대)를 나온 것과 동일하게 대우를 받았다.

제대를 한 5개월 앞두고는 부대 이동이 되었다. 군 생활 처음으로 연대 전체가 한 연병장을 쓰는 군대 생활을 하게 된 것이었다. 우리가 신병 교육을 받던 자리를 중앙으로, 그 벌판을 모두 부대로 썼다. 뒤쪽은 회암사, 좌측은 포천 넘어가는 투바이 고개

(회암령), 우측은 동두천 가는 쪽까지 걸쳐 있었다. 그러다 보니 새삼스럽게 교육도 많아지고, 규율도 더 엄격해졌다. 더군다나 연대가 함께 있는 부대 생활을 3년 만에 처음 하다 보니, 적응이 안 되고 어려움도 많았다.

그래도 좋은 점은 동기들을 자주 만나 피엑스에서 막걸리도 마실 수 있고, 고참이다 보니 외출도 자주 할 수 있는 것이었다. 위수 지역인 서울이나 의정부는 못 나가도, 동두천이나 연천 포천은 자유롭게 다닐 수가 있었나. 또 연대 내에는 동기가 전부 50명이 넘었지만, 남들은 상병인데 나는 병장을 달았으니 군대 생활이 더 보람 있었다. 그리고 우리 중대나 내가 관여할 수 있는 범위 내에서는, 구타는 절대 있을 수 없었고 기합도 심하지 않게 선착순 정도만 있었다. 고참이 되니 우리나라 군대가 이렇게 좋을 수가 없고, 말년 군대 생활은 즐겁고 재미있었다.

지금은 절대 좋게 볼 일이 아니지만, 배고픈 시절의 추억 같은 일도 떠오른다. 겨울 어느 날 밤 열두 시가 넘어, 우리 소대에서 1개 분대를 기상시켜 닭서리를 나갔다. 갈 때는 눈이 조금 왔는데, 닭을 훔쳐 나오니 눈이 그쳤다. 우리는 그 닭 30여 마리를 강가에 가서 손질했다. 머리와 양다리 양날개를 끊고 토끼처럼 껍질을 벗겼다. 그리고 가슴을 벌리면 내장이 모두 나왔다. 그렇게 손질한 닭을 가지고 개구멍을 통해서 귀대했다. 그런데 아침 조회 시간에 전 연대에 비상이 걸렸다.

새벽에 양계장 주인이 나와서 보고, 양계장 문턱에서부터 난 발자국을 따라와 보니 우리 연대 개구멍으로 들어간 것이었다. 강가에는 30여 마리 증거가 그대로 남아 있었다. 그래서 이분이 위병소에서 연대장님이 출근할 시간을 기다렸다가, 연대장님 일호 차가 들어오니 길을 막아서서 연대장님께 상황을 설명한 것이었다. 출근길에 현장을 살펴본 연대장님이 너무도 기가 차서 아침부터 연대가 비상이 걸린 것이었다. 전 병력이 열외 한 명도 없이 연병장에 집합했다. 각 중대장과 소대장들은 서로 다른 중대에 가서 닭고기를 찾든지 삶아 먹은 흔적을 찾느라 한바탕 소동이 일었다. 우리 소대는 닭을 한 마리씩 개인 반합에 나누어 두었는데, 다행히 우리는 걸리지 않았다. 대신 다른 중대에서 침상 밑에 감추었던 닭털이 발견되어, 그 중대는 3개월 동안 쌀 세 가마니를 변상해주고 3개월 동안 밥을 반으로 줄여 배식

했다고 한다.

그렇게 우여곡절 끝에, 36개월 군대 생활을 끝내고 대한의 남자답게 육군 병장으로 전역을 했다.

6

먹고살다

먹고살다

막막한
귀향

제대를 하자마자 집사람을 찾아 처갓집에 갔다. 가 보니, 서울 처남이 장가를 들어 여주군 점동면 남한강 가 농촌 마을에 살림을 차려서 농사를 짓고 있는데 집사람이 거기에 얹혀살고 있었다. 서울에 가서 작은아버지와 논의를 해도 별 방법이 없었다. 옛날에는 혼자 몸이니 어디에 가도 붙어살 수가 있었지만, 이제는 세 식구였다. 살림방 구하는 것부터 쉽지가 않았다. 철암에 있던 매형도 조카들이 커서 고학년이 되니 학교 때문에 묵호로 이사를 했다. 나는 어디에도 자리 잡을 곳을 구하지 못하고, 하는 수 없이 고향인 양양으로 돌아오기로 결정했다.

내가 살던 고향 마을에는 친구들도 떠나고 없었다. 돈도 없으니 월 이만 원씩 주기로 하고 비어 있는 집을 겨우 세 식구 잠만 잘 수 있게 만들어 이사를 왔다. 그런데 너무 오래 비워둔 집이라 비가 새고, 도저히 사람이 살 수가 없었다. 그러던 차에 내가 어릴 때 우리 밭에 자그마하게 집을 짓고 살라고 했던 분이 있었는데, 연세가 많아 때마침 돌아가셨다. 집터는 내 땅이라 집만 사면 돼서, 이웃 마을에 함께 붙어 있는 산 2천 평과 밭 8백 평을 급전으로 아주 싸게 팔아서 그 집을 샀다. 그래서 그나마 요행히 내 집을 마련하여 살게 되었다.

그러고 나서 한 1년 지나니 작은아버지가 내려오셨다. 우리 두 내외를 불러놓고 말씀하시길, 할머니도 손주와 사시는 걸 원하시고 너도 고향에 자리 잡았으니 이제는 할머니를 모시라고 하셨다. 나는 집사람이 3년 동안 얼마나 고생을 했는데, 너무 빠르다는 생각이 들어 차마 대답을 못 하고 있었다. 그러니까 집사람이 먼저 나서서 할머니를 모시겠다고 했다. 그리고 얼마 후 할머니를 모셔 왔다.

막상 시골 생활은 어려운 게 한두 가지가 아니었다. 겨울이 되면 아궁이에 땔나무가 걱정이었다. 당시에는 마음대로 산에서 나무를 해 올 수가 없었다. 군에서 정해주는 국유림이나 군유림에 가서 정해준 나무만 할 수 있었다. 나처럼 개인 산이 있는 사람이라도 내 산에서 나무를 하려면 신고를 해야 나무를 해다 땔 수가 있었다. 봄이 되면 논에 모를 심어야 하는데, 나는 어려서부터 농사일을 해보지 않아 모내기를 할 줄도 몰랐다. 대신 이른 새벽에 남들이 논밭에 나오기 전에, 제방을 넘어 은어 낚시를 하러 갔다. 젊은 놈이 일은 안 하고 낚시만 다니니, 마을에서도 우리 논에 모를 심어주지도 않았다. 그러다 보니 충주에서 장인 장모님이 오시어 제일 늦게 모내기를 해주셨다. 가을 추수도 장인 장모님이 오시어 한겨울에 탈곡을 했다. 그런 사정을 전해 들은 내 동갑내기 사촌이, 그러지 말고 서울로 올라오라고 연락을 해 왔다. 이야기는 고맙지만, 할머니가 계시니 그럴 수도 없었다.

겨울에는 산에 가서 멧돼지나 돈이 될 만한 사냥을 했다. 또 약초도 캐고 봉양(복령)도 캤다. 여름이면 은어 낚시를 해서 팔아 몇 푼씩 벌이를 했다. 한두 번 정도는 일본 사람 낚시꾼을 만나 횡재를 한 적도 있었다. 하루는 고기를 낚고 있는데, 누가 다가와서 무어라 이야기를 하는데 일본 말이었다. 서로 말을 못 알아먹으니, 손짓 발짓 다해서 겨우 미끼 한 마리를 팔라는 뜻인 줄 알았다. 그러나 말이 안 통하니 값을 이야기할 수가 없었다. 마찬가지로 손짓 발짓을 하는데, 한 손을 다 펴서 보였다. 나도 같이 한 손을 다 펴서 보이니 5천 원짜리 한 장을 주었다. 당시에는 5천 원짜리 종이 지폐가 우리나라 돈으로는 제일 단위가 높았는데, 5천 원을 벌려면 열흘은 일을 해야 버는 돈이었다. 은어 미끼 한 마리에 5천 원을 주니, 나는 신이 나서 얼른 미끼통을 보여주며 한 마리 골라서 가져가라는 흉내를 냈다.

　그때 벌써 일본 사람들은 인조 미끼 즉 플라스틱 고기를 썼는데, 잘 낚이지 않으니 우리처럼 낚시를 하게 된다. 하지만 옆에서 같이 낚시질을 해도 우리는 하루에 이삼십 마리는 낚는데, 이 사람들은 한 시간이 넘도록 한 마리도 못 낚고 미끼만 죽였다. 그러니 다시 와서 5천 원짜리 한 장을 다시 주고 또 미끼를 달라고 해서, 하루에 엄청난 돈, 만 원을 벌어본 적도 있었다. 그때 그 일본 사람들은 큰 통을 메고 다녔는데, 지금은 아이스박스라는 걸 알지만, 그 큰 걸 가지고 다니는 걸 보면서 이상하다고 생각했었다. 그런데 죽은 은어를 배를 갈라 손질을 잘해서 통에 넣는데, 들여다보니 그 안에 얼음이 있었다. 그것도 그 당시에는 생각도 못 하던 구경이었다.

둘째를
낳고

그러는 동안 집사람이 둘째를 낳았는데 또 아들이었다. 그때는 아들이면 최고였다. 그러다가 한 돌 정도 되었는데, 한밤에 자다가 경기를 했다. 속초 병원에 택시를 타고 가서 주사도 맞히고 약도 타서 먹였지만 도저히 낫지를 않았다. 심지어 점쟁이에게 굿도 해봤지만, 결국 3일 만에 잃어버리고 말았다. 지금도 가끔 눈에 보인다. 외출했다 들어오면 알아보고 빵긋빵긋 웃던 모습이. 그래서 자식이 죽으면 가슴에 묻는다고들 이야기하는가 보다. 군에 있을 때도 낙태를 한 번 했었는데, 그때도 아들이었다. 그러고 또 일 년이 지나서 아기를 낳았는데, 이번에도 아들이었다. 그래서 나는 아들만 둘인데, 첫째와 둘째 나이가 여섯 살 차이가 난다.

농촌 생활에 내가 적응을 못 하니 집사람만 죽어났다. 농사라야 논 천이백 평 밭 오륙백 평인데, 거의 장인 장모님이 오시어 농사를 대신 지어주셨다.

그렇게 이삼 년이 지나던 어느 날, 갑자기 앰뷸런스가 우리 집으로 들어왔다. 작은아버지였다. 서울대 병원에서 희망이 없다고 퇴원을 시키니 산소마스크를 끼고 바로 우리 집으로 오셨단다. 큰작은어머니는 오시지도 않고, 수유리 작은어머니만 오셨다. 산소마스크를 제거하고 앰뷸런스는 바로 갔는데, 3일 동안 돌아가시지 않으니 사촌들이 나보다 더 힘들어했다. 서울에서 직장 생활을 하는 사람들이라 3일이 넘으니 어찌할 줄 몰랐다. 아버지가 누워계시는데 마누라나 자식들이 한결같이 빨리 돌아가시길 바라는 것이었다. 나는 사촌들 보기가 더 힘들었다. 옆에서 보는 나는 그래도 이게 아닌데 하며 생각했다.

작은아버지는 4일 만에 돌아가셔서 선산에 모셨다. 작은아버지가 와 계시는 동안 할머니를 옆집에 모셨었는데, 작은아버지가 돌아가셔서 할머니에게 말씀드리니, 할머님 하시는 말씀이 그깟 놈 에미도 보기 싫어 먼저 간 놈 나는 걱정도 안 되니 배고프다 밥이나 빨리 차려다오 하셨다. 연세가 팔십에 오 남매를 마지막 보내는 어머니의 마음이 어떠했겠는가 짐작이 간다. 그러고 나서 1년여가 지나 할머니도 돌아가셨다.

상계동에
정착하다

이대로 계속 농사를 짓는 것도 어려워, 서울에 일자리를 구해 가기로 했다. 당시 삼정 연탄이라는 회사에서 경비 일을 하기로 하고 대한통운 4톤 복사차에 이삿짐을 싣고 서울로 올라왔다. 그렇게 살림집을 마련한 곳이 상계동, 지금의 당고개역 동쪽 언덕쯤이다. 3층 건물의 1층 반지하방 한 칸에 부엌은 벽 옆에 천막을 치고 사용했다. 화장실은 당고개역 동쪽 광장 어디쯤 있었을 공중화장실과 공동 수도를 썼는데, 물지게로 물을 져 날라 써야 했다.

그런데 하루는 일을 마치고 집에 오니 집사람이 눈물을 흘리며 이야기하는 것이었다. 위층 주인 여자가 내려와서 애들이 너무 심하게 뛰고 떠드니 애들을 조용하게 하라고 한단다. 내 자식이라서가 아니라 우리 애들은 지금까지 싸우거나 큰소리 한 번 안 하고 키웠다. 하지만 없는 죄로 어쩔 수 없지 않느냐고 집사람을 달랬다. 하지만 하루가 멀다 하고 내려와 잔소리를 한다는데, 하루는 내가 집에 있을 때 내려와서 큰소리치는 것이었다. 별수 없이 내가 나가 따져 물었다. 지하에서 뛰고 떠들어도 위층에는 지장이 없겠지만, 우리 아이들은 뛰지도 않고 큰소리도 안 내는데 무엇 때문에 계속 잔소리를 하느냐고 따졌다. 한참을 싸우다 보니 주인 남자가 나와서 사과를 하며, 자기 부인이 스트레스로 신경이 날카로워 그러니 죄송하지만 참아달라고 했다. 그날은 그걸로 마무리됐는데, 얼마 지나니 도저히 참을 수 없을 만큼 잔소리가 심해졌다. 대판 싸우게 됐고, 집주인이 방을 빼라고 했다.

그다음 날 회사에 휴가를 내고 급하게 고향으로 내려와 논밭을 팔았다. 당시 돈으로 팔백만 원이다. 동생에게 일백만 원을 주고, 농협에 빚 백몇십만 원을 갚고, 오백몇십만 원이 현금으로 남았다. 지금 같으면 통장이나 수표로 가져가면 되는데, 그때는 왜 그랬는지 현금으로 가져갔다. 농협과 우체국에서 오천 원짜리부터 천 원짜리 심지어 백 원, 오십 원짜리까지 모두 모아 큰 라면박스에 담으니 꼭 한 박스였다. 남들 속인답시고 박스를 새끼줄로 묶어서, 버스 우측 제일 앞자리에 앉아 발을 돈 위에 얹어놓고 자는 척을 하는데 잠이 올 리가 없었다. 버스가 쉬는 곳에서도 화장실도 못 갔다. 당시에는 망우리고개 정상에 검문소가 있었는데, 검문을 하는 헌병에게 부탁을 했다. 여기서 내려 택시를 타고 싶은데, 화장실이 급하니 편의를 좀 봐달라고 했다. 다행히 그러라고 해서, 버스에서 하차해 헌병초소에 돈 박스를 넣어 놓고 화장실을 다녀와서 택시를 탔다. 상계동에 도착하자마자 은행에 가서 전액을 입금시켰다. 그러고 나니 기분이 날아갈 것 같았다. 지금까지 살면서 그렇게 오랜 시간을 긴장해본 적이 없었다.

집에 돌아와 긴장이 풀리니 잠밖에 안 왔다. 하루 종일 잠만 자고 다음 날 집을 사기 위해 상계동 일대를 다 돌아다녔는데, 그 돈으로는 살 만한 집이 없었다. 며칠을 다닌 뒤 신상계초등학교 앞 하천 건너편 버스 종점 근처의 좁은 골목길에서 집을 하나 찾았다. 방 세 개에 부엌이 두 개인 집이었는데 마당에 수도도 있고 화장실도 있어서, 방 두 개를 전세 놓고 우리가 방 하나를 쓰면 그 집을 살 수가 있었다. 하는 수 없이 그렇게 하기로 하고, 지금 사는 언덕 집에는 방을 빼겠다고 했다.

은사님과
동창회

그렇게 해서 어찌 됐든 나도 서울에서 아이들에게 집 없는 서러움은 받지 않고 살게 할 수가 있었다. 그 후 지금까지는 비록 작아도 남의 집이 아닌 내 집에서 살아왔다. 나중에는 동원연탄으로 바뀐 회사에서 경비 반장까지 했지만, 처음에는 연탄공장에서 24시간 맞교대 경비 일을 했다. 그러다 보니 시간이 많이 남아 근처에 있는 바둑 기원에 취미를 붙였다. 기원에 하루건너 하루씩 나갔는데, 우리 큰애가 가끔씩 심부름을 오갔다. 그때가 초등학교 3학년이었는데, 손님들이 장난으로 가르쳐서 배운 바둑이 기초가 되어 지금 실력으로는 아마추어 단급은 될 거다.

기원에 우리처럼 자주 가는 사람은 회원제로 한 달에 얼마씩 기료를 내는데, 원장이 저녁 늦으면 안주에 술도 한 잔씩 샀다. 또 자기가 볼일이 있으면 키를 우리에게 맡기고 먼저 들어가기도 했다.

그러던 어느 날 손님 한 분이 들어오셨는데, 원장이 내가 치수가 맞을 테니 한번 두어보라고 했다. 나보다 나이가 좀 많아 보여서 호선으로 백을 주고 내가 흑으로 한 판을 두고 나니 서로 아주 적수였다. 그 후 한 달이면 열 번 이상 만나 바둑을 두었다.

그때는 기원에서 술과 담배를 마음대로 할 땐데, 이분은 술 담배를 전혀 안 하셨다. 그런데 자주 만나다 보니 드는 생각이 어디서 많이 본 분 같았다. 아무리 보아도 잘 아는 사람 같은데 도저히 생각이 안 났다.

하루는 원장에게 물어보았다. 어디 사는 누군지, 직업과 이름 같은 걸 물었다. 중계동에 있는 재현중고등학교 교장 선생님이고, 이름은 명재호라고 했다. 나는 깜짝 놀랐다. 내가 중학교 2학년 때 담임 선생님과 영어 선생님을 하셨던 분이었다. 선생님이 나를 몰라보니 다행으로 생각하고, 모르는 체하는 수밖에 없었다. 감히 그 앞에서 술 담배를, 그것도 바둑 둘 때는 줄담배를 피워댔으니 말이다.

한 1년이 지나니 선생님이 기원에 안 나오셨다. 원장에게 물으니 청량중고등학교 교장으로 가셨다고 했다. 마침 앞에서 이야기했던 석관동에서 병원을 하는 친구 아들이 청량중학교에 다녔다. 그 친구가 학부모 회장을 맡았는데, 선생님이 자기도 알아보지 못했다고 했다. 그래서 신이문동 파출소장으로 온 친구와 셋이서 이야기를 했다. 다들 서로 처음 만났을 때 이야기를 못 했으니, 올가을 부부 동반 야유회 때 선생님을 초대하자고 결론을 냈다.

그 후 병원장을 하는 친구가 선생님을 찾아가 전후 이야기를 다 드리고, 가을 야유회에 초대를 했다. 선생님은 너무 반갑고 꿈만 같다고 하시면서, 그해 가을부터 봄가을 부부 동반 야유회에 꼭 참석하셨다. 그리고 또 한 번은, 중학교 때 역사 선생님 하시던 사병욱 선생님이 면목초등학교장으로 계신다는 얘기를 들었다. 그래서 그해 봄부터는 두 선생님을 모셨다.

우리 동창회 인원이 한 30명 가까이 된다. 개중에는 박사 학위 받은 대학교수, 병원장, 고위 공무원, 대기업 씨이오(CEO), 중소기업 사장도 있다. 모두 선생님을 재회하고 한 달에 한 번씩 찾아뵙거나 봄가을 부부 동반 야유회 때마다 선생님을 초대했다. 선생님께 순금과 여러 가지 선물도 드리고 했지만, 그때마다 선생님은 더 많은 돈을 봉투에 담아 우리에게 주셨다. 두 분 선생님은 제자들이 모두 모두 건강하고 열심히들 살아가는 모습에 고마워하셨다.

특히, 명재호 선생님은 양양에서 처음 교단에 섰던 그때가 더욱 기억되신다고 하셨다. 사회에 첫발을 딛는 설레는 마음으로 처음 가르친 제자들인데, 모두 훌륭하게 자라주어 더없이 반갑고 고맙다고 말씀하셨다. 나에 대해서는 이렇게 말씀하기도 하셨다. 성씨도 희성이어서 기억을 하지만, 30년을 넘게 교편을 잡고 있으면서 가끔은 제자들에게 내 이야기를 했다고 한다. 중학교 때 공부를 그리 안 하는 건지 못 하는 건지 그랬는데, 지금은 어디서 어떻게 살고 있는지 너무너무 궁금했는데 막상 만나보니 선생님 걱정은 잘못된 생각이었다고 하셨다. 그렇게도 걱정하던 마정하가 바둑을 두어도 선생님보다 못하지 않고, 이렇게 훌륭하고 쟁쟁한 제자들 모임에서 5년을 넘도록 회장을 하고 있다니, 역시 사람 사는 것은 학교 성적순은 아니라는 것을 다시 한 번 알게 되었다고, 치켜세워 주셨다.

월계동으로,
다시 의정부로

상계동 버스 종점 근처에 집을 사서, 한 3년 정도 살고 있을 무렵이었다. 하루는 퇴근해서 집에 오니, 우리 집 지붕에 빨간 깃발이 꽂혀 있는 것이었다. 이웃에 알아보니 우리 집뿐만이 아니었다. 온 동네에 빨간 깃발 노란 깃발 하얀 깃발 등 수없이 많은 깃발이 꽂혀 있었다. 부동산에 알아보니 지하철이 들어올 거라서 그런단다. 지금 빨리 팔아야지 나중에 정부에 수용되면 반값도 못 받는다고 했다. 그래서 부랴부랴 그 집을 급하게 팔고, 월계동으로 이사를 했다.

내가 이사한 곳은 월계아파트 8동 302호였다. 단지에 52개 동이 있는데 그중에서 두 개 동만 있는 평수가 제일 큰 18평짜리였다. 연탄을 때는 아파트라도, 제일 큰 평수의 5층짜리 아파트에서 로열층이라고 하는 3층이었다. 당시에는 아파트도 괜찮았고 회사도 가까워져서 나쁘지 않았다. 그런데 나중에 알고 보니, 그때 상계동에서 집을 바로 팔지 않은 사람들은 두 배 이상 보상을 받았는데, 나는 부동산에 속아서 헐값에 팔고 엄청난 손해를 보았던 거였다.

월계동으로 이사를 하고 얼마 후에는 화원(꽃가게)을 열었다.

화원 이름은 고향에 있는 설악산 오색약수 이름을 따와서, 오색 화원으로 지었다. 그리고 우연한 기회에 화원 손님이 방송국 일을 소개해서 화원과 방송국 일 두 가지를 같이 하게 됐다. 그때 일감을 소개해주신 분이, KBS 보도본부 차장까지 하신 신주식 씨다. 소개받은 일은 방송국에 온갖 소품을 대주는 일이었다. 나중에는 SBS까지 맡게 됐고 그렇게 한 10년 넘게 일을 하는 데 큰 도움을 받았다. 그런 인연으로 양양으로 귀향한 후로 지금까지도 1년에 한두 번씩은 부부 동반으로 우리 집에 다녀가신다. 지금에야 말이지만, 평생을 살면서 내가 베푼 것은 없으면서 도움을 받거나 은혜를 입은 일들이 너무나 많았다. 그게 감사하고 부끄러워서 한 15년 전에는 내가 죽으면 강원대학교 의과대학에 시신을 기증하겠다는 기증 서약도 했다. 내가 세상에 진 빚을 조금이라도 갚을 수 있는 방법이라고 생각했다.

아무튼 그러면서 돈을 좀 벌어서, 월계아파트 옆에 새로 지은 15층 민영 아파트인 삼호 미룽 38개 동 중에서 미룽 17동 503호 22평짜리로 이사를 했다. 여기서 동대표라는 것도 해봤다. 그리고 지방 자치제가 시행되던 초기에, 구의원 시의원 출마 권유도 많이 받았다. 당시 월계동이 속한 노원갑 국회의원 백남치 씨도 지방의원 출마 권유를 많이 했다. 하지만 그러면 중학교밖에 못 나온 학벌이 알려지게 될 거고, 그게 겁이 났다. 나는 차라리 고 등학교 학벌로 사는 게 낫다고 생각했다.

그러다 김영삼 대통령이 당선되고, 실명제가 되면서 여러 사 정으로 인해 방송국 일을 못 하게 되었다. 더군다나 이재갑 보좌 관과의 시비로 꽃 장사도 못 하게 되면서 아파트를 팔고 의정부 로 이사를 하게 됐다. 의정부 신곡동의 22평짜리 삼환아파트 1동 104호로 이사하면서, 아파트 상가 107호를 분양받아 집사람이 치 킨 호프집 장사를 시작했다.

국일관
철거 사고

화원을 정리하고 의정부로 이사한 후에, 일자리를 구해봤지만 마땅하지가 않았다. 심지어는 중동으로 가서 할 수 있는 일까지 알아봤다. 이때도 나는 다시 또 큰 도움을 받게 됐다. 앞에서 얘기한 신주식 씨와 마찬가지로 지금도 만나면서 형제와 같은 우정을 이어오고 있는 권달춘이란 분으로부터다. 그분이 내가 중동으로 일자리를 구하러 다니는 것을 알고는 건설 현장에서 현장 소장까지 할 수 있도록 도와주었던 것이다.

국일관 철거 현장의 사고는 잊을 수가 없다. 종로 국일관은 당시까지 우리나라에서 가장 오래된 음식점이어서 누구나 한 번쯤은 들어봤을 것이다. 그 국일관을 철거하는 일이었는데 기초적인 현장 준비를 하고 나서, 십여 일 정도 걸려서 비계 및 가림막 작업을 했다. 이제 6더블 포클레인에 크라샤를 부착해서 옥상에 올리는 작업이 남았다. 종로 경찰서 교통과를 찾아가서 현장 상황을 설명하고, 하루 중 교통량이 가장 적은 새벽 1시부터 2시 30분까지 한 시간 반 동안 종로 교통을 전면 통제해달라고 협조를 부탁했다. 그때 관행으로 당연히 협조를 부탁하는 데에도 얼마간의 경비가 들었다. 경찰에서 협의 후 통보해주겠다는 얘기를 들고 돌아와서 현장은 만반의 준비를 마쳤다.

이틀이 지나니 경찰서에서 들어오라는 공문이 회사로 접수됐다. 교통과에 들어가니 현장 설명서 밑 작업 설명서에 서명을 하고 내일 밤 1시부터 작업을 시작해도 된다는 허가가 떨어졌다. 다음 날 새벽에 6더블 포클레인을 옥상에 올리고 금고를 내려서 준비된 화물차에 실어주는 걸로 첫 야간작업은 무사히 끝났다. 그다음은 공사 현장 용어로 벽채 가배를 접는 작업이었다. 옥상에서 포클레인이 한쪽 벽부터 크라샤로 씹어서 적당한 크기로 잘라 안쪽으로 넘어오게 하고 다시 크라샤로 씹어서 아래층으로 내리면 된다. 이 공법은 먼지도 적게 나고 소음도 거의 없다.

작업이 아주 순조롭게 잘돼서 첫 휘장막 작업부터 한 달 만에 1층 한쪽 벽만 남기고 모두 철거가 됐는데 여기서 문제가 생겼다. 포클레인이 3층 옥상에서부터 1층까지 충격을 주며 내려오다 보니, 지하층 바닥에 금이 가고 포클레인이 1층 바닥에 올라설 수가 없었다. 포클레인이 지하로 가라앉을 형편이었다. 나는 작업을 중지시키고 회사에 들어갔다. 현장을 설명하고, 우리 회사가 단독주택 재개발을 하는 현장이 마장동에 있으니 거기 철거 잔재로 15톤 트럭 100대만 여기 지하실을 메워달라고 했다. 그러고서 남은 한쪽 벽채도 철거를 해야지, 지금처럼 하면 포클레인이 지하실로 가라앉으며 큰 사고가 날 게 분명했다. 회사에서 긴급회의를 열었다. 기술부장 이야기로는 모처럼 50프로는 남길 수 있는 공사인데, 마장동에서 하룻저녁에 철거 잔재를 100차씩이나 옮기려면 최하 몇천만 원은 든단다. 이제 마지막 1층 한쪽 벽만 남았는데 몇천만 원은 말이 안 된다고 했다. 사장과 회사 간부들이 모두 현장을 답사하고 현장에서 다시 회의했다. 결정적으로 포클레인 기사가 절대 안전하니 이대로 마무리를 해도 된다고 하니, 사장과 기술부장이 내일부터 계속 작업을 하라고 했다.

나는 강력하게 주장했다. 만약 내가 주장하는 대로 안 들어주면 계약 위반이니, 나는 이 현장 소장을 계속할 수 없다고 했다. 기술부장이 하룻밤 사이 몇천만 원씩 투자할 수 없다면서, 내일부터 자기가 현장을 책임질 테니 정히 그렇다면 사표를 내라고 했다. 더는 설득해보아야 내 말은 안 들어줄 게 뻔하니 사표를 쓰고 현장 근처에 가서 민원인들과 술을 마시며 상황 설명을 했다.

나는 내일부터 여기에 안 나온다고 하니, 민원인들이 두 달 가까이 아무런 사고나 민원도 없이 현장을 잘 관리했고 얼마 남지도 않았는데 마무리를 못 하고 헤어져 서운하다며 아쉬워했다.

집에 와서는 회사에 사표를 냈다고 말할 수가 없어서, 다시 직장을 구하고 나서 이야기하기로 하고 다음 날도 평소와 마찬가지로 집에서는 출근한다고 하고 새벽 일찍 집을 나왔다. 송천 산업 현장에 가서 거기 현장 소장과 국일관 현장 이야기를 하며 앞으로 어떤 현장을 맞을지 이런저런 이야기를 하다가 점심시간이 되어 몇 명이 함께 점심 식사와 술을 한 잔씩 나누고 있는데, 집사람한테서 전화가 왔다. 지금 어디에 있느냐고 물었다. 점심 식사 중이라고 하니 빨리 현장에 가보라고 했다. 텔레비전 방송에서 자막으로 계속해서 국일관 철거 현장에서 사람이 두 명 사망했다고 긴급 뉴스로 나온다고 했다. 바로 텔레비전을 틀어보니 계속 자막이 나왔다. 나는 올 것이 왔다고 생각하며, 집사람이 걱정할 것 같아 전화해서 사실을 이야기하고 걱정하지 말라고 했다.

그러고 잠시 있으니 회사 사장한테서 직접 전화가 왔다. 현장으로 가지 말고 회사 앞 다방으로 급히 와달라고 했다. 나는 지금 가락동 어느 현장에서 술을 한잔해서 운전할 수도 없고, 내가 사장을 만나야 할 말이 없다고 했다. 사장이 하는 말이 택시를 타고 오든 아니면 위치를 알려주면 차를 보낼 테니 꼭 빨리 만나야 한다는 거였다. 나는 갈 이유가 없다고 하니 사장이 계속 사정을 했다. 한참을 전화로 왈가왈부하다가 전화를 끊고 나니, 종로 경찰서에서 바로 전화가 와서 지금 즉시 경찰서로 출두하라고 했다. 나는 현장과는 관련이 없다고 회사에 알아보라고 전화를 끊고 회사로 사장을 만나러 갔다. 사장에게 현장 상황을 들어보니, 어제 내가 이야기한 대로 포클레인이 지하실로 빠지며 한쪽 남은 콘크리트 벽채가 비계와 휘장막을 뚫고 밖으로 넘어져, 때마침 지나가던 1톤 엘피지 가스 배달 차를 덮쳐서 기사와 조수 두 명 모두 사망했다는 거였다. 경찰에서 조사를 나오면 우리가 어제 했던 회의 내용은 전혀 이야기하지 말고 즉, 회의도 없었고 개인 사정으로 어제 사표를 낸 것으로 해달라고 하면서 내 봉급은 약속대로 백 프로 오늘 통장에 다 넣어주겠다고 했다.

훗날 들은 이야기지만, 사건은 이렇게 마무리 지었다고 한다.

사건 전날 내가 사표를 내서 현장 소장을 새로 모집하려고 현장을 비워두었는데, 포클레인 기사가 현장이 쉬는 날이니 장비를 점검하고 포클레인을 옮기려다 지하실이 내려앉아 사고가 난 것으로, 포클레인 기사가 혼자 책임지는 걸로 했단다. 회사는 4억짜리 공사를 해서 3개월도 안 걸려 1억은 벌 수 있었는데, 사람이 둘 죽고 포클레인 기사 사례비 주고 해서 대략 2억은 적자를 지고 말았다고 한다.

트럭과
버스

그 후로 어찌 됐든 내가 책임진 현장에서 이삼십 대 두 명이 죽었으니, 앞으로는 노가다(건설 현장) 일은 안 하기로 마음먹고 대형 1종 면허를 땄다. 25톤 덤프 앞사바리도 해보고 15톤 트럭도 해보았으나 내 몸무게가 백 킬로그램이 넘으니 차에 올라다니는 게 너무 힘이 들었다.

그래서 차라리 시내버스를 하기로 하고 의정부에 있는 평화운수에 취직을 하고 의정부에서 서울 노원역까지 다니는 노선을 약 3개월 정도 했다. 그러다 노원구 상계동에 있는 흥안운수 신우교통 이 두 개가 사실은 한 회사인데, 사람을 모집한다고 해서 거기로 회사를 옮겼다. 서울에서 시내버스 회사로는 두 번째 가라면 서러울 정도로 큰 회사였다. 이 무렵 서울에는 마을버스가 많이 생길 땐데 우리 회사도 마을버스 노선이 몇 개 있었고 처음 입사하면 마을버스부터 하다가 성적이 좋은 사람 순으로 시내버스 기사 자리가 나면 시내버스 기사로 승진했다. 노임은 우리나라 운전기사 중에는 서울 시내버스 기사들이 제일 많이 받았다. 아침에 차에 올라가면 장갑과 담배 한 갑이 운전석 앞에 놓여 있었다. 나는 당고개역에서 중계동 은행사거리까지 다니는 마을버스를 1년 정도 하고 시내버스로 옮겼다. 처음에는 상계동에서 삼양동과, 상계동에서 동대문을 돌아오는 두 노선을 운행하다 1년이 넘으니 상계동에서 강남 고속버스 터미널을 돌아오는 노선을 하게 됐다. 또 1년을 지나니 이 회사에서는 제일 먼, 상계동에서 마장동 성수대교 테헤란로를 거쳐 가락시장을 돌아오는 노선까지 하게 되었다.

서울에서 버스 운전을 하며 제일 힘든 일은, 러시아워인 아침 7시에 상계동에서 출발하면 10시는 돼야 가락동 농수산물센터에 도착할 때도 있는데, 택시 기사는 화장실을 가고 싶을 때 갈 수 있지만, 버스 기사는 두 시간이고 세 시간이고 종점에 도착하기 전에는 화장실을 갈 수 없는 게 제일 힘들었다. 버스 회사에 한 5년 다니면서도, 기사들이 수백 명 있어도, 매일 자기 앞차 몇 사람과 뒷사람 이외에는 알지를 못 했다. 아무튼 그렇게 버스 운전도 어느 정도 숙달이 되고 또 버스 전용 차로도 생겨서, 운전을 배우기를 잘했다는 생각이 들고 젊어서 왜 이 생각을 못 했을까 후회를 할 무렵이었다. 허리가 아파 장시간 운전을 할 수가 없어 회사에 병가를 신청했는데, 회사에서 병가를 내줄 수 없으니 사표를 쓰라고 하는 거였다. 몸이 아파서 병가를 내달라는데 사표를 내라니 억울하다고 근로 감독관실에 도움을 요청했고, 고용보험을 8개월 동안 수령하기로 하고 회사를 그만뒀다.

디스크와
등산

그 후로 서울 시내 유명하다는 통증클리닉이나 디스크 전문 병원은 거의 다 다녀보았으나 나아지질 않았다. 운동하면 좀 나아질까 해서 약 4년 동안 산악회도 다녔다. 비가 오나 눈이 오나, 명절날도 북한산 도봉산 사패산 수락산 불암산 중에서 어느 한 산을 산행하지 않으면 다른 일을 하지 않을 정도로 등산을 했다. 특히, 수락산은 1년에 삼백 번 이상 오르면서 수십 개가 있는 등산로를 안 가본 데 없이 다녔다.

이렇게 열심히 등산을 해도 허리는 점점 더 아파지고, 의정부에서 살던 10년 동안 수입은 없고, 집사람 혼자 하는 치킨집도 장사가 내리막이었다. 너도나도 유행처럼 치킨집이 생겨서, 우리 상가만 해도 두 집이나 있는데 옆 상가에도 치킨집만 생기니 도저히 안 되겠다 싶어, 생활비라도 줄여보려고 귀향을 생각하게 됐다. 그러다 고향 마을에 아주 절친한 동갑내기 친구가 교통사고로 사망해서 고향을 가게 됐다. 상갓집에서 친구들과 이야기를 하다가, 나도 이제 환갑도 다가오니 좀 있다가 고향으로 와야겠다고 속말을 했다. 옆에서 듣고 있던 한 친구가 환갑 넘어서 오면, 송장이나 받아주는 데가 고향이냐며 올 테면 하루라도 빨리 힘 있을 때 오라고, 고향을 위해 일을 하려면 오고 아니면 고향으로 올 생각도 하지 말라는 것이었다. 그래서 바로 다음 날 면사무소에 가서 주민등록부터 옮겨놓았다.

그렇게 의정부에서 한 9년을 살면서, 두 아들 학교와 군대를 다 마치고, 장가 들여 살림을 내주었다. 그리고 우리 부부는 내가 태어난 강원도 양양군 서면 상평리로 귀향하게 되었다. 이미 오래전부터 그렇게도 돌아오고 싶었던 상평리 고향이다.

7
완전한 귀향

돌고 돌아

친구의 교통사고 사망으로 고향에 내려갔다가 어찌어찌해서 주민등록을 옮겨놓고 나서, 2002년 2월경이 되었다. 어릴 적 학교 친구들이 군청 과장, 감사실장, 부군수까지 있어서, 모두가 귀향하는 데 어려움 없도록 도와줄 테니 결정만 하라고 이야기를 하기에 결심을 굳혔다. 지금 사는 자리가 당시에는 150평 정도 되는 밭으로 되어 있었는데, 여기에 30평 농가주택 신청을 해서 집을 짓기로 했다. 건설업자와 건축 계약을 하고, 집터를 측량하고, 바닥 콘크리트 기소 작업까지 했다. 그러고 콘크리트가 양생되는 며칠간 의정부 집에 올라가 있는데, 면사무소에서 빨리 내려오라는 전화가 왔다.

급히 내려와 면사무소에 가보니, 면사무소 산업계장으로 있는 친구가 이 자리에 주택 허가를 내줄 수가 없다고 했다. 이 친구도 어릴 적 마을에서 초등학교 중학교를 같이 다닌 친군데, 몇 달 전 장례식장에서 하루라도 젊어서 내려와야지 환갑을 넘기고 오면 고향 사람들은 못 받아 준다고 말했던 친구였다. 이유인즉, 밭이 150평이니까 50평만 측량을 해서 허가 신청을 다시 하라는 거였다. 150평을 다 대지로 전환해줄 수가 없다는 것이었다. 150평을 모두 대지로 지목 변경을 해주면 투기가 의심된다는

거였다. 50평을 분할해서 측량을 다시 하려면 당시 시세로 약 70
만 원 정도가 들었다. 이런 돈은 안 들여도 되는데 나로서는 너
무 억울했다. 집터를 콘크리트 기소까지 했지만, 귀향을 포기하
기로 하고 의정부로 올라와 버렸다.

　며칠 있으니 군청에 근무하는 과장급 친구들한테 계속 전화
가 왔다. 분할하지 않아도 절대 불법이 아니고 허가에도 문제가
없으니 내려와서 집을 지으라고 했다. 그러나 나는 다른 곳으로
귀농을 하면 했지 고향으로는 안 가겠다고 말하고 더는 친구들
전화를 받지 않았다. 그러자 군청에 근무하는 과장급 친구 한 명
이 의정부 집까지 찾아왔다. 150평을 대지로 변경하는 것은 절대
로 불법이 아니라서 오늘이라도 지목 변경이 가능하니, 내려가
서 허가 신청도 다시 하고 공사도 계속하자고 설득을 했다. 나는
며칠 생각해보겠다고 하고 친구를 먼저 내려보냈다. 그 후 여러
친구들의 전화를 받고 결국 다시 내려가기로 결정을 했다. 내려
와서 면사무소 산업계에 허가 신청을 하러 가니, 친구인 산업계
장은 없고 담당 직원이 허가 서류를 접수했다.

　그렇게 집 짓는 일을 다시 시작했는데, 며칠 후 면에서 또 내
려오라는 전화가 왔다. 면사무소 산업계에 가니 친구인 계장이

허가 서류를 받아준 담당 직원에게 서류를 집어던지며, 내가 안된다는데 네 맘대로 했느냐며 야단을 쳤다. 담당 직원이 법령 책자를 내어놓고 설명을 하니, 이 서류에 도장은 내가 찍는다며 만약 감사에 지적받게 되면 도장을 찍은 자기 책임이라며 너희들은 관여하지 말라고 하는 거였다. 한참을 그러고 있을 무렵, 다른 직원이 군청 과장에게 전화를 해서 도시경제과장이 올라왔다. 과장이 설명을 했다. 과장이 말하길, 고향에 귀향하려고 하는 사람이고, 절대 투기 목적이 아니기 때문에, 감사에 지적받을 문제가 아니라고 하는데도, 계장은 서류 기안자가 자기라며 자기 도장을 찍으니 자기가 책임져야지 과장이나 면장이 책임질 일이 아니라고 큰소리쳤다. 그러자 과장인 친구가 밖에 나가더니 전화로 나오라고 했다. 밖에 나가니 이번 일에 신경 쓰지 말고 내일 저녁 친구들 몇 명이서 식사나 하자고 하는 거였다.

다음 날 약속 장소에 가니 군청에 근무하는 과장 이상 친구들 5명이 모였다. 나는 공무원 일에 대해서는 전혀 모르지만, 친구들 이야기인즉 서류 기초 기안자는 계장이기 때문에 계장이 도장을 찍지 않으면 그 서류는 다음 단계로 올라갈 수가 없다고 했다. 그렇지만 친구들 이야기인즉, 집을 다 지어놓고 허가 신청을 해도 되니 걱정 말고 집은 계속 지어나가라는 거였다. 허가는 친구들이 책임진다고 했다. 부득이 안 되면 서면사무소 산업계장을 인사 조치하면 된다는 이야기까지 나왔다. 친구들의 위로와 격려로 집은 계속 짓기로 했다.

친구들과 모임 이야기가 산업계장 귀에 들어갔다. 그 후 담당 과장이 산업계장을 불러서 이야기했다고 한다. 만약 감사에서 지적되어 계장이 문책을 받게 되면, 과장인 내가 책임지겠다. 정히 하자가 없는데도 일 처리를 못 하겠다면, 인사 조치를 하는 수밖에 없다. 이제 어떻게 할 거냐고 하니, 그제서야 알았다고 했다고 한다. 그렇게 허가가 되고, 농가주택 융자도 2천만 원을 받았다.

그 후 상량식을 하는데 친구들과 마을 주민들이 많이 오셨고, 생각지도 않게 군수님까지 오셨다. 그리고 그렇게도 허가를 못 해주겠다던 친구가, 그 자리에서 시키지도 않은 심부름을 자발적으로 너무 열심히 하는 것이었다. 나로서는 도저히 이해가 안 되는 사람이다.

세월의
변화

우여곡절 끝에 5월에 집을 완공하고 집들이를 했다. 꿈에 그리던 고향에서 제2의 생활을 시작하게 된 것이다. 그런데 막상 내가 그리던 고향의 현실은 옛날 시골 마을의 모습이 아니었다. 모내기도 사람이 하는 게 아니라 이양기로 하니 두세 사람이 몇천 평씩 심고, 점심도 식당에서 시켜 먹고, 참도 치킨이나 족발에 맥주로 먹었다. 가을에 벼를 수확하는 것도 마찬가지였다. 콤바인으로 두세 사람이 해서 농협에 가져가면 바로 무게를 달아 통장으로 돈이 들어오고, 그러면 1년 농사가 그걸로 끝이었다.

옛날에 품앗이하듯 인심을 나누던 모습을 찾아보기 어렵게 고향이 변했듯이, 나도 예전 같지는 않았다. 농사일을 할 줄도 몰랐지만, 몸무게가 100킬로그램이 넘고 건강하지 못하니 할 수 있는 일이 별로 없었다. 어차피 고향에 올 때 농사를 짓겠다는 생각을 하지는 않았었다. 그 대신 처음 생각대로 남대천에서 은어 낚시나 하면서 산에서는 사냥도 하고 봉양(복령)이나 약초를 캐보기로 했다. 겨울에는 짐승 사냥을 하고 봄에는 산나물 채취, 가을에는 송이버섯 채취를 하면 생활비는 되리라고 생각했다. 그래서 아침 일찍 도시락을 싸 들고 무조건 산으로 갔다.

생각대로 봄에 산나물과 가을에 송이버섯 채취는 수입이 괜찮았다. 그러던 그해 2002년 가을, 태풍 루사가 하루에 900밀리미터라는 기록적인 폭우를 쏟아부었다. 그로 인해 양양군이 어마어마한 수해를 입고 특별 재난 지역으로 선포가 되었다. 그때, 서울에서 알던 사람에게서 연락이 왔다. 건설 계통에서 중기회사를 하던 김산수 사장이었다. 강원도 인제군과 홍천군의 다섯 개 면에 걸쳐 과학훈련단을 조성하는데, 당시 돈으로 1조 원에서 백억 원 정도 빠지는 어마어마한 공사를 수주했으니, 현장 소장을 맡아달라는 부탁이었다.

다시,
공사 현장으로

　　나는 서울에서 종로 국일관 철거 공사 중에 사람이 두 명이나 사망한 사건 후 공사 현장을 떠나기로 했었다. 그리고 서울 시내 버스 운전을 5년 정도 하다가 허리 디스크로 운전도 못 하게 되고, 몸을 쓰는 일은 더더욱 힘들어졌다. 겨우 집사람과 치킨 가게를 같이하다가, 그마저도 어려워져서 생활비라도 줄이려고 고향으로 귀향한 것이었다. 그래서 이제는 큰 욕심도 없고, 산에나 다니면서 조용히 살겠다고 거절을 했다.

　　그런데 굳이 한 번 만나자며 회사 중역들까지 데리고 왔다. 공사 현장이 강원도라 자기네 서울 사람들은 여러 가지로 어려우니, 부디 거절하지 말고 일을 맡아달라고 사정을 했다. 집으로 찾아온 김 사장과 중역들이 국방부와 맺은 공사 계약서와 설계도면 등 관계 서류 일부를 내밀면서, 일단 현장부터 확인하러 가자는 것이었다. 내가 현장을 맡아주지 않으면 이 공사를 이끌 사람이 없다는 거였다. 하지만 대금만 1조 원에 달하는 공사를, 나로서는 도저히 감당할 수 없을 것 같았다. 그런데도 김 사장은 내 승낙을 받지 않으면 돌아가지 않겠다고 버텼다. 워낙에 술을 못 마시는 사람이었는데, 양양 시내 식당에서 밤늦도록 술을 마시며 이야기를 해도 끝이 나지 않아 다시 여관에 가서 밤을 새워가며 이야기를 했다.

아침에 일어나니 우선 현장부터 함께 가보자는 거였다. 하는 수 없이 따라나섰다. 측량 부장이란 사람이 자기가 젊어서 울진 원자력발전소 측량 설계도 했다고 자랑했다. 그렇게 현장 답사를 위해 인제군 남면에 가서 여관을 정하고, 지도를 가지고 현장을 찾아갔다.

인제군 남면에서 상남면까지 사이에 있는 442번 군도로 생각되는데, 이 군도를 따라 무척 험하고 높은 산 다섯 군데의 정상에 철탑 다섯 개를 세우는 공사가 제일 큰일이었는데, 첫 번째 과제는 이 험한 산속에서 측량을 하는 일이었다. 지금 기억으로 다섯 군데를 합하면 몇십 킬로미터는 되는데, 그 측량만 해도 1년이 더 걸리는 일이었다. 측량 팀을 5개 팀으로 하면 날짜를 줄일 수 있으나, 이 험한 곳으로 일을 하겠다고 올 측량 기사들이 없었다. 돈을 아무리 많이 준다고 해도 그만큼 일이 힘들고, 기사 한 사람에게 보조 인력도 10명 정도 필요하니 무엇보다 사람 구하는 게 힘든 일이었다. 김 사장이 내가 강원도에 살러 갔다고 하니, 일부러 나를 찾아온 이유를 알 것 같았다.

한 3일 정도 여관에서 합숙하며 생각을 해봤는데도 도저히 내 힘으로는 감당이 안 될 것 같았다. 나는 못 하겠다고 하는데, 자기들이 뒤에서 적극적으로 밀어줄 테니 내가 무조건 현장을 맡아서 서울에서 하던 대로 박력 있게 밀고 나가야 한단다. 내가 현장을 맡아주지 않으면 모두 우리 집에 내려와 살겠다고 떼를 썼다. 하는 수 없이 현장을 맡기로 하고, 서울에 올라가 계약을 했다.

인제군 남면에 단독주택 한 채를 임대해서 측량 팀부터 모집했다. 합숙을 하며 측량에 들어가고, 식사는 함바 운영을 했다. 측량을 시작하고 봄이 지나 여름으로 들어서는데, 작업 현장과 숙소가 너무 멀어 상남면으로 숙소를 옮겼다. 측량이 끝나고 본 공사가 시작될 무렵, 인제군 남면 김부리에 현장 사무실은 물론 근로자 숙소와 함바를 설치했다. 그리고 현장에 덤프트럭과 굴삭기를 비롯한 중장비가 많아 주유소를 따로 설치해야 한다고 해서, 허가를 받아 주유소까지 설치했다. 나는 공무 차장과 함께 상남면에 단독주택을 임대해서 따로 남았다. 공무 차장은 자격증을 갖춘 현장 대리인이고, 나는 법정 대리를 할 수 있는 자격증이 없어 상무라는 직함으로 실질적인 현장 소장의 역할을 했다.

한 3년 공사를 해서, 응봉산과 소뿔산 그다음은 이름이 생각안 나는데, 하여튼 3개 산 정상까지 도로가 완공될 무렵, 김 사장한테서 본사로 올라오라는 전화가 왔다. 서울 본사에 올라가니, 옛날에 일하던 현장에 문제가 생겨서 이 공사를 마무리하지 못하고 다른 회사로 넘겨야겠다고 했다. 마무리를 얼마 남겨놓지 않고 넘겨주려니 너무나 아쉬웠지만, 오너가 결정하면 어쩔 수 없는 일이라, 현장을 넘겨주고 그 일은 그렇게 끝이 났다.

죽으란 법은
없다

양양에는 태풍 루사 피해 복구가 한창일 때라, 나는 다시 할 일을 찾아 양양 시내에 사무실을 하나 임대하고 단종면허를 임 대해서 회사를 설립했다. 하지만 1년도 못 가서 인제에서 벌어온 돈을 모두 까먹고 문을 닫았다. 남은 돈 4천만 원을 가지고 서울 에 가서 15톤 덤프트럭을 샀다. 운전을 직접 하면서, 벌이는 좋은 데 자동차 관리가 문제였다. 서울은 주차장에 관리를 맡기면, 펑 크부터 구리스까지 모든 관리를 해주지만, 여기서는 직접 다 해 야 했다. 비가 오면 구리스를 쳐야 하는데, 백 킬로그램이 넘는 나로서는 도저히 감당이 안 되었다. 타이어 펑크도 정비소에서 는 때워주기만 하고, 타이어를 빼고 끼우는 건 기사인 내가 직접 해야 했다. 결국 5개월 만에 덤프를 팔았는데, 차 값으로만 천만 원을 손해 보고 3천만 원에 팔았다.

나는 다시 산으로 발길을 돌렸다. 미시령 황철봉부터 공룡능 선을 따라 대청봉, 점봉산, 단목령, 조침령, 구룡령, 응복산, 조봉, 할매봉, 계방산, 오대산 등 한 오륙 년 동안 봄 여름 가을 겨울 산 에서만 살았다. 그동안 대청봉, 필례산, 계방산 등에서 길을 잃어 죽을 고비도 한두 번이 아니었다.

그러던 어느 봄날 이른 새벽에 산나물 채취를 위해 산에 오르
는데, 길가에서 쉬고 있던 젊은 사람이 말을 걸어왔다. 아저씨는
이렇게 힘들게 산에 가시면 무엇을 해 오느냐고 물었다. 산나물
을 하러 가는데 당신도 산나물 채취하러 가느냐고 하니, 그렇다
고 했다. 둘이 마주 앉아 담배를 한 대씩 피우다가 내가 어디에
사느냐고 물었다. 송어리에 산다고 해서, 이 아래 윗마을에 사는
사람은 내가 거의 다 아는데 처음 본다고 하니, 서울에서 산이
좋아 얼마 전에 여기에 살러 왔다고 했다. 그렇게 만난 인연으로
전화번호를 주고받으며 자주 연락하자고 하고 헤어졌다.

생활은 그나마 근근이 이어갔다. 서울에 살면서 알게 된 친
구들이 내가 시골에 와서 산 사냥을 하고 산다고 하니, 너도나
도 팔아주어 적잖이 힘은 들어도 벌이가 할 만했다. 그리고 이
전에는 허리 디스크로 몇 발짝 걷지도 못했었는데, 이상하게도
40~50킬로미터씩 짐을 짊어지고 밤낮으로 열 시간씩 산을 걸어
도 전혀 아프지를 않으니, 사람은 노력만 하면 죽으란 법은 없구
나 하는 생각도 들었다.

그러던 겨울 어느 날, 봄에 산에서 만났던 사람에게서 술이나

한잔하자고 전화가 왔다. 그래, 이웃 마을 식당에서 저녁 식사 겸 술을 마셨다. 대화를 해보니 나이는 나보다 대여섯 살 아래인데, 대학까지 나와 배운 것도 많고, 젊어서는 잘 나갔는데 이젠 모든 걸 잊어버리고 산중에 들어와 혼자 생활을 한다고 했다. 사람 됨됨이가 인간미가 넘치고 믿어도 될 만한 사람이라는 생각이 들었다. 더욱이 서울에 살 때 공릉동에 살았다는데, 내가 화원을 하던 월계동에서 중랑천 월릉교만 건너면 걸어서 10분밖에 안 되는 거리였다. 이것도 인연이라고, 이 사람이 앞으로 형님이라고 해도 되겠냐고 하는 거였다. 나도 동생으로 맞이하겠다고 화답을 했다.

그리고 한 가지 일자리가 있으니 함께하자고 제의를 하는 거였다. 나는 나이도 많고 노동일을 해보지 않아서 힘쓰는 일은 못한다고 하니, 일이 힘든 거는 없다고 했다. 산림청 산하 국유림 관리소란 곳이 있는데, 거기서 봄가을에는 산불 지킴이, 여름에는 병충해 방지와 임도나 임야 관리를 하는데, 양양 국유림 관리소에서도 양양 속초 고성 3개 시군에서 80명 정도를 모집한다고 했다. 자기가 1년을 해보았는데, 일이 크게 힘들지도 않고 월급이 좀 적어도 1년에 열 달 동안 고정 수입이 되니 안정된 생활을 할 수 있다고 했다. 2월에 접수를 시작하니 같이해보자고 해서 그렇게 하기로 했다.

그로부터 2월이 되어 함께 원서를 제출했으나 경쟁이 너무 치열했다. 더군다나 나는 나이도 많고 건강도 안 좋으니 아무래도 쉽지는 않을 것 같았다. 하지만 잘 아는 친구들의 도움도 받고 해서, 4대 1이라는 높고 높은 경쟁을 뚫고 합격했다. 덕분에 그 후로 9년 동안, 매년 정초가 되면 힘든 경쟁을 거치긴 했지만 안정된 일자리를 가질 수 있었다.

이제는 고향을
위해서

그 일을 시작하고 한 4년 정도 지날 무렵, 하루는 마을 어른께 전화가 왔다. 어디에 있느냐고 하길래 친구들과 술을 한잔하고 있다고 하니, 지금 바로 마을로 와서 만나자고 했다. 이유를 물으니 와서 이야기하자고, 얘기가 급하니 지금 바로 오라고 하셨다. 내가 그리 잘못한 것도 없는 것 같은데 무슨 일일까 하며, 마을로 돌아와 만나자고 하는 어르신 댁으로 갔다. 들어가 보니 마을 원로 어른이 다섯 분이나 기다리고 계셨다.

어른들께서 말씀하시길, 내일이 마을 연말 총회인데, 이장을 뽑는다고 했다. 현재 두 사람이 이장을 하겠다고 하는데, 한 사람은 객지에서 와서 펜션을 하는 젊은 사람이고 다른 한 사람은 서울 생활을 하다가 작년에 귀촌한 내 친구의 형님이라고 했다. 그런데 마을 어른들이 생각하기에는 내가 이장을 하는 게 좋겠다고 하셨다. 만약 하겠다고 하면 즉시 원로분들이 오늘 저녁 내 선거 운동을 해주겠다고 하셨다.

나는 마을에서 농사도 짓지 않고, 밖으로 일을 다니고 있고, 모든 면에서 자신이 없어 포기하겠다고 말씀을 드렸다. 어른들 말씀이 이장이 그런 일 정도는 다니면서 할 수 있고, 앞서 이야기한 두 사람보다는 일할 수 있는 여건도 좋으니, 우리가 모두 합심해서 도와줄 테니 걱정 말라면서, 만약 거절할 거면 마을에서 떠나라고까지 말씀을 하셨다. 그러더니 그럼 승낙한 걸로 하고, 술이나 한잔하자며 술상을 들여왔다. 막상 걱정이 되면서도 어른들이 강력하게 밀어붙이니 대답도 못하고 어리둥절해하고 있는데, 어른들이 여기저기 전화를 해서 마정하가 승낙했으니 오늘 저녁 안으로 온 마을에 홍보를 하라고들 하셨다. 그렇게 자의 반 타의 반으로 승낙을 한 게 됐다.

저녁에 집에 오니 친구 형이 전화를 걸어왔다. 본인은 나를 밀어주고 안 나올 테니, 열심히 해보라는 격려였다. 다음 날 아침이 되어 곧 10시가 되면 이장 선거가 시작되는데, 8시쯤에 펜션을 한다는 처음 보는 젊은 사람이 나를 찾아왔다. 자기 친구 조카가 군에서 과장을 하고 있고, 우리 면에서 면장까지 하고 명퇴를 한 자기 동갑내기 친구가 전적으로 밀어주기로 했으니, 나보고 포기를 하라고 하는 거였다. 믿을 만한 친구나 동생들에게 전화로 물어보니 모두 다 걱정하지 않아도 된다고 했다. 오히려 올해 마을 이장은 마정하가 될 거라고 했다. 9시가 넘어서 마을회관으로 가는데, 펜션 하는 사람이 다시 만나자고 전화가 왔다. 장소에 가니, 축하한다며 자기는 이장을 포기하고 오늘 마을회관에 참석하지 않을 거라고 했다.

그렇게 이장을 맡아서 우여곡절을 겪으며 임기 2년을 마쳤다. 그다음 이장은 펜션 하는 사람에게 넘겼는데, 이 사람이 1년을 못 하고 내놓았다. 그래서 다시 이장을 또 2년 했는데, 산림청 일은 계속 병행을 했다.

남은 일들

나이가 70이 넘으니, 산림청 일은 힘에 벅차기도 하고, 더 이
상 못 하게 됐다. 힘은 많이 떨어졌지만, 이제 고향을 위해 남은
힘을 보태는 것이 내가 할 수 있는 유일한 일이다. 그리고 나이
가 많다고 그냥 세월을 보내기보단 새로운 일을 찾아서 할 수 있
는 만큼 하려고 한다.

2016년에는 우리 면의 단위농협(서광농협) 이사 선거에 출마
를 했다. 여자 1명과 남자 6명을 뽑는데, 남자는 9명이 나와서 3
명이 떨어져야 했다. 일등은 못 했어도, 젊은 사람들을 제치고 4
등으로 당선됐다. 이어서 다시 2020년에도 선거에 나가 재선된
후에 수석 이사가 되는 영광을 누렸다. 그 사이 2019년 봄에는 서
면 노인회 분회장도 맡게 되었다.

지금 칠팔십 나이의 어른들은 8·15 광복과 6·25 전쟁을 겪으며,
춥고 배고픈 보릿고개의 세월을 넘긴 분들이다. 월남전에 참전
해서 목숨을 잃거나, 살아 돌아왔어도 팔다리를 잃고 국립 원호
병원(보훈병원)에 계신 분들은 또 얼마이겠는가. 독일의 광부로
간호원으로, 중동의 모래사막으로, 그분들이 피땀 흘려 벌어온
돈을 기반으로 세계 최빈국이었던 우리나라는 지금의 경제 선

진국이 될 수 있었다. 전쟁터나 해외에 나가지 않았어도, 토요일 일요일을 따지는 건 고사하고 주 48시간이니 52시간이니 하는 이야기는 듣도 보도 못 하고 너나없이 모두 소처럼 일했다. 샛별을 보며 새마을사업 일터에 나가서 저녁별을 보고 돌아와도, 미국에서 원조 물자로 보내주는 밀가루나 옥수숫가루 아니면 우윳가루를 한 되건 두 되건 주면 받고 안 주어도 말없이 일했고, 나랏일에는 안 했든 못했든 군소리가 없었다. 마을 길을 만드는데 내 땅이 한 평이건 열 평이건 들어가고, 정부가 돈 한 푼 안 주어도 아무 말 없이 내놓았다.

그때는 더 가난하고 못살았어도 내 욕심이나 편함보다 부모 공양, 자식 뒷바라지가 먼저였다. 부모님은 돌아가실 때까지 한 집안에서 모시고, 돌아가시면 안방 아랫목에 상가를 차려놓고 삼년상(초상-소상-대상-탈상)을 치렀다. 자식들 가르치는 일은 더 악착같았다. 그나마 조금 있는, 자기 뼈 같고 살 같은 땅이며 소를 팔아서 죽기 살기로 가르쳤다. 그렇게 배운 자식들이 자라고 이만큼 잘 사는 나라가 됐지만, 지금의 50~60대들은 부모보다 자식이 우선이다.

그래서 나는 우리 노인회 면분회장을 하면서 면장님과 총무 계장님 복지계장님께 항상 이야기한다. 대부분 객지에 있는 자식들은 자기 살기도 바쁘고 또 자기 자식들 키우느라 부모 돌볼 시간이 없으니, 젊어서 고생하며 나라를 잘 살게 만든 어르신들을 면이나 농협에서라도 잘 보살펴야 한다고.

어느덧 이제 내 이야기를 마칠 때가 된 거 같다. 젊어서는 어쩔 수 없는 형편 때문에 객지 생활을 했지만, 언제나 그리워하고 사랑하던 고향이다. 아니 어쩌면 떠나 있을 수밖에 없어서 더 간절하게 그리워했던 건지도 모른다. 늦었지만 마침내 귀향해서 고향을 위해 마음껏 일할 수 있음에 너무너무 감사하고 행복하다. 내게 남은 삶이 얼마인지는 몰라도, 청와대 앞에서 오색 케이블카 유치 집회를 하면서 삭발까지 했듯이, 힘이 닿는 한 고향을 위한 일이라면 누구보다 앞장설 것이다.

7전8기 마정하 인생 역전기

안 되면 될 때까지

1판 1쇄 발행	2022년 9월 30일
지은이	마정하
발행인	윤미소
발행처	(주)달아실출판사
책임편집	박제영
디자인	전형근
법률자문	김용진
주소	강원도 춘천시 춘천로 257, 2층
전화	033-241-7661
팩스	033-241-7662
이메일	dalasilmoongo@naver.com
출판등록	2016년 12월 30일 제494호

ⓒ 마정하, 2022
ISBN: 979-11-91668-51-3 03810

이 책의 일부 또는 전부를 재사용하려면 반드시 저작권자와 (주)달아실출판사 양측의 동의를 얻어야 합니다.

* 잘못된 책은 구입한 곳에서 바꿔드립니다.
* 책값은 뒤표지에 표시되어 있습니다.